변신

변신

Die Verwandlung

프란츠 카프카 지음 | 한영란 옮김

더클래식

/
차
례
/

변신　7

판결　85

시골 의사　105

갑작스러운 산책　115

옷　117

원형극장의 관람석에서　118

오래된 기록　120

법 앞에서　124

학술원에의 보고　127

작품 해설　143

작가 연보　159

변신

I

어느 날 아침, 그레고르 잠자는 불안한 꿈에서 깨어나 침대에 누워 있는 자신의 모습이 거대한 벌레로 변해 있는 것을 발견했다. 장갑차 같은 딱딱한 등을 대고, 머리를 조금 들어 올리자 불룩하게 나온 화살 모양의 뻣뻣하게 갈라진 갈색 배가 보였다. 이불은 불룩 튀어나온 배 위에서 더 이상 그를 덮어주지 못하고 미끄러져 내려올 듯했다. 몸의 다른 부위의 크기와 비교했을 때, 수많은 빈약한 다리들이 그의 눈앞에서 어찌할 줄 모르고 바둥거렸다.

'무슨 일이 일어난 거지?'라고 생각했다. 꿈이 아니었다. 너무 작지만 정돈되고 사람이 사는 듯한 그의 방이 조용하고 익숙한 사면의 벽들에 에워싸여 있었다. 직물 가게에서 보낸 옷

견본의 포장이 뜯어진 채 흩어져 있는 책상 위에는 얼마 전에 삽화가 들어간 신문에서 오려낸 그림이 걸려 있었다. 예쁘게 도금이 된 액자에 넣은 그림이었다. 모피 모자와 모피 목도리를 두른 여인이 정자세로 앉아 있었고 보는 사람의 눈앞으로 들어 올린 팔꿈치 아래까지 모피 토시에 싸여 있었다.

그레고르의 시선은 창문을 향했다. 흐린 날씨는 그를 우울하게 만들었다. 빗방울이 창틀 위로 거세게 떨어지는 소리가 들렸다. '조금 더 잠을 자서 말도 안 되는 이 모든 상황을 잊는 게 어떨까?'라고 그는 생각했다. 하지만 전혀 그럴 수가 없었다. 왜냐하면 그는 오른쪽으로 자는 것에 익숙한데 지금 상태로는 그렇게 할 수가 없었기 때문이다. 온 힘을 다해 몸을 오른쪽으로 기울이려고 했지만, 매번 흔들거리며 벌러덩 누운 자세로 되돌아왔다. 바둥거리는 다리들을 보지 않기 위해서 눈을 감은 채 아마 백 번 정도 그 자세를 시도했을 것이다. 옆구리에서 지금까지 느껴보지 못했던 고통이 시작되었을 때에야 그는 비로소 그 짓을 그만두었다.

'젠장.' 그는 생각했다. '왜 이리 피곤한 직장을 선택했지! 날마다 출장이니. 업무상의 긴장감은 집에서의 일보다 훨씬 크다. 게다가 이러한 출장에 대한 걱정에는, 열차 연결에 대한 걱정, 불규칙하고 영양 상태가 좋지 않은 식사, 항상 변화무쌍하고 찰나적인 데다가 결코 진심으로 대할 수 없는 인간들과의 관계가 부과된다. 이런 것들을 신경 쓰고 싶지 않다고!' 배의 윗부분이 약간 가려웠다. 머리를 좀 더 들기 위해 등을 천천히 침대 기둥 쪽으로 더 가까이 밀었다. 결국 수많은 작은 흰색 점들로 뒤덮인 간지러운 곳을 찾았다. 하지만 그것이 뭔지는 알 수 없었다. 그는 한 다리로 그곳을 긁으려고 했지만 곧 다리를 다시 끌어당겼다. 다리가 닿자마자 소름이 끼쳤기 때문이다.

그는 다시 원래 위치로 되돌아갔다. '이렇게 이른 시간대에 일어나는 것은 정말 어리석은 짓이다. 인간은 잠을 자야만 한다. 다른 투숙객들은 하렘의 여성들처럼 살고 있지 않는가. 예를 들어 확보한 주문을 작성하기 위해 오전 시간 때에 게스트 하우스로 돌아가보면, 그 신사분들은 그제야 아침 식사를 하며 앉아 있다. 우리 사장 같은 사람한테 내가 저렇게 했다면 그 자리에서 해고되었을 것이다. 그게 나한테는 더 좋을지 누가 알겠는가. 부모님 때문에 그 회사에 다니지 않았다면, 예전에 사표를 냈을 것이다. 사장 앞에 나서서 나의 의견을 진심으로 모두 말했을 것이다. 사장은 책상에서 떨어졌을 것이다! 책상 위에 앉아서 내려다보며 직원과 얘기하는 것도 참 특이한 방식이야. 게다가 사장은 귀가 잘 들리지 않아서 아주 가까이 다가가야만 하잖아. 그렇다고 희망을 완전히 포기한 건 아니야. 부모님이 그에게 진 빚을 모두 갚을 정도로 돈을 모으면 꼭 사표를 낼 거야. 5년에서 6년은 걸리겠지만 말이야. 그다음에는 대전

환점이 시작될 거야. 물론 우선 일어나야만 해. 내가 타야 하는 기차가 5시에 출발하거든.'

그리고 그는 진열장 위에서 째깍거리는 알람시계를 쳐다보았다.

"맙소사!" 6시 30분이었다. 바늘은 조용히 앞으로 움직였으며 심지어 반을 지나쳐 있었다. 이미 45분에 가까워졌다. 알람시계가 울리지 않았나? 알람을 4시에 정확히 맞춰둔 것이 침대에서도 보였다. 분명 시계가 울렸다. 그래. 하지만 가구를 흔들어놓을 정도의 소리에 조용히 잠을 잔다는 것이 가능한 일인가? 솔직히 그는 편안히 잠이 들지 않았지만, 아마도 그렇기에 더 깊게 잠들었나 보다. 하지만 그는 지금 무엇을 해야만 할까? 다음 기차는 7시에 출발한다. 그 기차를 타기 위해서는 말도 안 되게 빨리 서둘러야만 한다. 게다가 견본은 아직 싸지도 못했다. 또한 그렇게 몸이 가볍고 움직이기 쉬운 것도 아니었다. 그 기차를 탄다고 하더라도 사장의 불호령은 피할 수 없을 것이다. 왜냐하면 사무원이 5시 기차를 기다리다 내가 기차를 놓쳐버렸다는 사실을 이미 보고했을 것이기 때문이다. 사무원은 이성이 없는 사장의 창조물이었다. 병가를 신청했다면 어땠을까? 하지만 그것 또한 창피한 일인 데다 사장에게 의심을 살 것이다. 왜냐하면 그레고르는 5년간 근무하면서 한 번도 아픈 적이 없었기 때문이다. 분명 사장은 의료보험회사 의사와 함께 올 것이며 게으른 아들 때문에 부모님 탓을 할 것이다. 그리고 아주 건강하지만 단지 일하기 싫어하는 자들만 존재하는 것으로 여기는 의료보험회사 의사의 언급만으로 모든 이의 제기들은 묵살될 것이다. 이런 경우에는 의사가 아주 부당한 것일까? 실제로 그레고르는 긴 수면으로 잠에 취했을 때의 과한 무기력 외에는 아주 건강했고 심지어 엄청나게 배가 고팠다.

그가 침대에서 벗어나려고 결심할 새도 없이 이러한 모든 것을 서둘러서 생각하고 있을 때, 침대 발치 쪽 문을 누군가 조심스럽게 두드렸다. 알람시계는 6시 45분을 가리키고 있었다.

"그레고르." 엄마가 불렀다. "6시 45분이야. 출발해야 하지 않니?" 부드러운 음성! 그레고르는 자신이 대답하는 목소리를 들었을 때 기겁했다. 그 목소리는 오인할 여지 없이 자신의 예전 목소리였지만, 왠지 모르게 밑에서부터 나오는 듯한, 뭔가 절제되지 않고 고통이 따르는 삑 소리가 섞여 있었다. 처음에만 단어들이 명확하게 들렸으며, 울리는 잔향에서는 단어들이 파괴되면서 사람들이 제대로 들었을지 짐작이 가지 않았다. 그레고르는 자세하게 대답하고 싶었으나 이런 상황이다 보니 "알았어요. 알았어요, 엄마. 고마워요. 이미 일어났어요"라고 말할 수밖에 없었다. 문이 나무로 만들어져서 그레고르의 음성에서 나타난 변화를 밖에서는 아마도 알아차리지 못한 듯했다. 왜냐하면 엄마는 이러한 설명으로 안심하고 신발을 끌며 사라졌기 때문이다. 하지만 이 짧은 대화를 통해서 다른 가족 구성원들은 그레고르가 예상과 달리 아직 집에 있다는 것에 주목했다. 아버지가 옆문에서 약하긴 하지만 주먹으로 노크를 했다. "그레고르! 그레고르!" 아버지가 불렀다. "도대체 무슨 일이니?" 그리고 잠시 후에 그는 다시 한 번 좀 더 낮은 목소리로 재촉했다. "그레고르! 그레고르!" 다른 옆문에서는 여동생이 나지막하지만 걱정스러운 목소리로 물었다. "그레고르? 몸이 좋지 않아? 뭐 필요한 거라도 있어?" 양옆을 향해 그레고르는 대답했다. "곧 준비가 끝나." 아주 세심하게 발음하면서 각각의 단어들 사이에 긴 쉼을 두어, 자신의 목소리에서 두드러지는 모든 흉한 느낌을 빼내려고 애썼다. 아버지는 아침 식사를 먹으러 갔지만 여동생은 여전히 남아 있었다. "그레고르, 문 열어. 부탁이야." 하지만 그레고르는 문을 열 생각이 없었다. 그러면서 집에 있는 동안에도 밤에는 모든 문을 잠그는, 여행하면서 얻게 된 조심성에 감탄했다.

우선 그는 방해받지 않고 조용히 일어나 옷을 입고 무엇보다도 아침 식사를 하고 싶었다. 그다음에 어떻게 할지 생각하려고 했다. 왜냐하면 침대에서 계속 생각한다고 이성적인 결론을 끌어낼 수는 없기 때문이었다. 그는 익숙하지 않은 자세로 침대에 누워 있었기 때문에 가벼운 통증을 느꼈다고 생각했고, 그 통증은 일어나게 되면 단순한 착각으로 밝혀질 것이었다.

그는 오늘의 상상이 점차 어떻게 소멸될지 기대가 되었다. 그가 생각하기로 목소리의 변화는 외근 직원의 직업병인 감기의 초기 증상이라는 데 의심할 여지가 없었다.

이불을 떨어뜨리는 것은 아주 간단했다. 숨을 쉬어 배를 조금 부풀리니 이불은 저절로 떨어졌다. 하지만 더 이상은 어려웠다. 그의 몸이 너무나도 넓적했기 때문이다. 일어서기 위해서는 팔과 손이 필요한데, 그에게는 수많은 다리들만 있었다. 게다가 그것들은 끊임없이 사방으로 움직여 스스로 통제할 수 없었다. 그가 다리 하나를 한 번 꺾어 접으려 하면 그 다리는 쭉 뻗어졌는데, 결국 다리를 접는 데 성공했지만 그러는 동안 다른 모든 다리들은 고통스럽고 산만하게 움직였다. "침대에 쓸데없이 머물러서는 안 돼." 그레고르는 혼잣말을 했다.

우선 그는 몸 아랫부분을 움직여 침대를 벗어나려 했다. 하지만 몸의 아랫부분을 아직 본 적이 없고 그 모습을 제대로 상상할 수 없었기 때문에 움직이기 아주 어려울 것이라고 판단했다. 그의 예상대로 움직임은 너무 느렸고 결국 그는 거의 미칠 지경이 되어서 온 힘을 다하여 아무 생각 없이 몸을 앞으로 밀쳤다. 그러나 방향을 잘못 선택해 침대 발치의 기둥에 세게 부딪혔으며, 불타는 듯한 고통을 느낀 그는 몸의 아랫부분이 지금으로서는 가장 예민한 부위 같다고 생각했다.

그래서 우선 상체를 침대 밖으로 내밀려 애쓰면서 조심스럽게 머리를 침대 가장자리로 돌렸다. 이것은 쉽게 되었고 몸이 넓적하고 무거운데도 결국 몸체가 천천히 머리 돌아가는 방향으로 따라갔다. 하지만 그가 머리를 마침내 침대 밖 허공으로 빼서 자유로운 공기를 마시게 되었을 때, 이러한 방식으로 계속 더 앞으로 나가는 것이 불안했다. 왜냐하면 그렇게 해서 그가 침대에서 떨어지면 기적이 일어나지 않고서는 분명히 머리를 다칠 것 같았기 때문이다. 지금은 의식을 잃어서는 안 된다. 그는 차라리 침대에 남고 싶었다.

하지만 그가 동일한 노력을 하고 난 후에 한숨을 쉬며 아까같이 누웠을 때, 다리들이 좀 더 심하게 바둥거리는 것을 보았고 이러한 마음으로는 평온하게 정리를 하는 것이 불가능하다고 느꼈다. 그는 침대에 머물러 있을 수는 없으며, 단지 아주 작은 희망일지라도 그것으로 인해 침대에서 벗어날 수 있다면 모든 것을 희생해서라도 일어나야 한다고 재차 자신에게 말했다. 하지만 동시에 이따금씩 평온한, 정말 평온한 생각이 절망스러운 결심보다 훨씬 더 낫다는 것을 기억했다. 그 순간 그는 날카로운 눈으로 창문을 보았는데, 유감스럽게도 한 치 앞도 안 보이는 아침 안개 때문에 확신과 상쾌함을 느낄 수 없었다. "벌써 7시네." 그는 자명종이 다시 울렸을 때 말했다. "벌써 7시인데 아직 안개가 이렇게 끼어 있다니." 그러고는 잠시 조용하고 약하게 호흡을 하면서 누워 있었는데, 마치 정적으로 가득한 상황에서 현실적이고 평범한 상태로의 귀환을 기대하는 듯했다.

하지만 그러고 나서 그는 곧 자신에게 말했다. "7시 45분이 되기 전에 무슨 일이 있어도 침대에서 완전히 벗어나야만 해. 안 그러면 누군가 나를 찾으러 가게에서 올 거야. 가게는 7시 전에 여니까." 그는 이제 몸 전체를 침대 밖으로 내밀기 위해서 완전히 균형을 잡으며 몸을 흔들기 시작했다. 이렇게 움직이다 침대에서 떨어진다고 해도 머리를 잽싸게 쳐든다면 아마 머리는 다치지 않을 것이다. 등은 딱딱한 듯했다. 그러므로 양탄자 위에 떨어진다고 해도 아무렇지 않을 것이다. 그에게 가장 큰 걱정은 떨어질 때 나는 소리였는데, 그 소리 때문에 아마도 문밖에 있는 사람들이 놀라거나 걱정을 할 것이다. 하지만 그것도 감수해야만 했다.

그레고르가 반쯤 침대에서 빠져나왔을 때 – 이 새로운 방식은 힘들기보다는 일종의 놀이 같았는데 그냥 계속 흔들어주기만 하면 되었기 때문이다 – 누군가가 그를 도와준다면 얼마나 편할까 하는 생각이 들었다. 힘센 사람 두 명만 있으면 – 아버지와 가정부를 생각했다 – 충분할 것이다. 그들은 쉽게 그의 휜 등 아래로 팔을 집어넣어 그를 침대에서 끌어 내릴 수 있을 것이며, 체중을 실어 몸을 숙이고 있다가 그가 바닥에 내려서 다리에 감각을 느낄 수 있을 때까지만 조심스럽게 참아내면 될 것이다. 문들이 잠겼다는 것을 무시하고 정말로 도움을 청해야만 하지 않을까? 어려움 속에서도 이러한 생각을 하니 그는 어이가 없어 웃고 말았다.

이미 그는 심하게 흔들면 더 이상 균형을 잡을 수 없을 정도가 됐으며, 최대한 빨리 결정을 내려야만 했다. 왜냐하면 5분 뒤면 7시 45분이 되기 때문이다. 그때 현관문에서 벨소리가 울렸다. "가게에서 누가 왔군"이라고 말하면서 그의 몸은 굳어졌는데 다리들은 오히려 점점 더 바쁘게 움직였다. 순간 모든 것이 정지되었다. "문을 열지 않는군." 어떤 무의미한 희망에 사로잡혀서 그레고르는 말했다. 하지만 항상 그랬듯이 가정부가 담담한 걸음으로 걸어가서 문을 열어주었다. 그레고르는 방문객의 첫 번째 인사말만 듣고 그가 누구인지 알 수 있었다. 지배인이 직접 왔다.

왜 그레고르만 아주 작은 실수에도 엄청난 의혹을 제기하는 회사에 근무하게 되었는가? 도대체가 모든 직원들이 예외라고는 없이 룸펜들이란 말인가? 단지 아침에 몇 시간을 가게를 위해 일을 하지 못하게 되었다고 해서 양심의 가책을 받아 아둔해지고, 침대에서 일어날 수 없는 상황에 처한 충실한 직원이 그들 중에는 없었단 말인가? 견습생에게 알아보라고 하면 충분하지 않은가? 이러한 질문들이 필요할 때 지배인이 직접 와야만 하는지. 그리고 이러한 의심스러운 사건을 조사할 때는 지배인의 판단만이 믿을 수 있다는 것을, 아무것도 모르는 가족들에게 직접 와서 보여줘야만 하는가? 이러한 생각을 하다 보니 흥분해서 그는 있는 힘을 다해 침대에서 벗어나고자 흔들거렸다. 엄청난 '쿵' 소리가 났지만 예상한 것만큼 큰 소리는 아니었다. 그가 떨어지면서 낸 소리는 양탄자 때문에 조금 약해졌다. 또한 그레고르가 생각한 것보다 등은 더 탄력적으로 반응했다. 그렇기에 모두를 놀라게 할 정도로 커다란 소리가 난 것은 아니었다. 단지 균형을 유지하지 못해 바닥에 머리를 부딪히고 말았다. 그는 분하고 고통스러워서 양탄자에 머리를 마구 비볐다.

"안에 뭔가가 떨어졌어요"라고 왼쪽 옆방에 있는 지배인이 말했다. 그레고르는 언젠가 지배인에게도 오늘 자신에게 일어난 것과 비슷한 일이 일어날 수도 있지 않을까 상상해보았다. 그럴 가능성은 있다. 하지만 이러한 질문에 대해 단호한 답변이라도 하듯이, 옆방에 있는 지배인은 일정하게 몇 걸음을 떼었으며, 에나멜가죽 구두 밑창이 바닥에 닿아 뚜벅거리는 소리가 났다. 오른쪽에 있는 옆방에서 여동생이 그레고르에게 알려주기 위해 속삭였다. "그레고르, 지배인이 왔어." "알고 있어"라고 그레고르는 그쪽 방향으로 말했지만 여동생이 들을 수 있도록 아주 크게 목소리를 높일 수 없었다.

"그레고르." 아버지가 왼쪽 옆방에서 말했다. "지배인님이 오셨단다. 네가 왜 이른 아침 기차로 출근하지 않았는지 알고 싶어 하시는데, 뭐라고 답을 해야 할지 모르겠구나. 너와 직접 얘기하고 싶어 하신다. 자, 이제 문을 열도록 해라. 방 안이 지저분한 것은 이해하실 분인 듯하구나." 그러는 동안 "잠자 씨, 좋은 아침입니다"라며 지배인은 친근하게 그를 불렀다. 아버지가 문가에서 여전히 말을 하는 동안 어머니는 지배인에게 말했다. "몸이 안 좋은가 봐요, 지배인님. 절 믿어주세요. 그렇지 않다면 왜 그레고르가 기차를 놓쳤을까요. 우리 애는 일 외에는 어떠한 것도 생각하지 않아요. 저녁때는 집 밖으로 한 번도 나가지 않아서 화가 나기도 한답니다. 8일 동안 시내에 있었지만 매일 저녁때에는 집에만 있었지요. 우리와 함께 식탁 앞에 앉아서 조용히 신문을 읽거나 차량 운행 시간표를 들여다봤어요. 그리고 격자 세공에 몰두할 때 가장 즐거워했답니다. 예를 들어 2~3일에 걸쳐 저녁 시간 동안 작은 액자를 세공했어요. 얼마나 예쁜지 지배인님도 감탄하실 거예요. 그레고르가 방 안에다 걸어놨어요. 그레고르가 문을 열면 보실 수 있을 거예요. 지배인님이 와주셔서 얼마나 기쁜지 모르겠어요. 우리끼리 있었다면 그레고르가 문을 열도록 하지 못했을 거예요. 고집이 센 아이거든요. 분명히 몸이 좋지 않을 거예요. 비록 아침에는 그렇지 않다고 했지만요." "금방 나갈게요"라고 그레고르는 천천히 조심성 있게 말하면서 대화의 내용을 놓치지 않기 위해서 움직이지 않았다. "부인, 저도 달리 어떻게 설명할 수가 없네요"라고 지배인은 말했다. "심각하지 않기를 바랄 뿐입니다. 다른 면에서 말씀드리자면, 우리 같은 장사꾼들은 유감스럽게 여기든 운이 좋다고 여기든, 몸이 조금 좋지 않은 것쯤은 종종 일에 대한 염려로 금방 극복해야만 합니다." "자, 이제 지배인님이 방에 들어가도 되겠니?" 참다못한 아버지가 물으면서 다시 문을 두드렸다. "안 돼요"라고 그레고르는 말했다. 왼쪽 옆방은 난처한 침묵에 싸였고 오른쪽 옆방에서는 여동생이 훌쩍이며 울기 시작했다.

도대체 왜 여동생은 다른 이들에게 가지 않았을까? 그녀는 분명 이제야 침대에서 일어났고, 옷을 입기 시작하지도 않았을 것이다. 그러면 도대체 그녀는 왜 울지? 그가 일어나지 않고 지배인을 안으로 들이지 않기 때문에, 직장을 잃을 위기에 처했기 때문에, 그렇게 되면 사장이 부모님에게 빚을 갚으라고 재촉하게 될까 봐? 하지만 그건 당장은 불필요한 걱정들이었다. 아직 그레고르는 여기에 있고 그의 가족을 포기할 생각을 조금도 해보지 않았다. 그는 잠시 양탄자 위에 누워 있을 뿐이고, 그의 상태를 어느 누구라도 알았다면 지배인에게 들어오라고 진심으로 요청하지는 못했을 것이다. 하지만 나중에라도 쉽게 변명할 수 있는 이러한 사소한 문제 때문에 그레고르는 당장 해고되지는 않을 것이다. 울고 설득하면서 그를 방해하는 대신에 지금은 조용히 내버려두는 것이 훨씬 더 이성적일 듯했다. 하지만 그의 이런 어중간한 모습이 다른 이들을 괴롭히고 그들의 행동을 합리화했다.

"잠자 씨!" 지배인은 격앙된 목소리로 불렀다. "무슨 일인가요? 당신은 방에서 방어벽을 치고 단지 '예'나 '아니오'로만 대답하고 있고 부모님께서 불필요한 걱정을 하시게 하고 - 덧붙이자면 - 일에 대한 책임을 아주 뻔뻔한 방식으로 등한시하고 있군요. 당신 부모님과 사장님의 이름을 빌려 잠시만이라도 명확한 설명을 해주길 바랍니다. 놀랍군요, 놀라워. 당신이 조용하고 이성적인 사람이라고 생각했는데 이제 보니 이상하고 변덕스러운 기질이 있었네요. 사장님이 오늘 아침 일찍 당신의 실수에 대해 명확한 사유를 알아오라고 했어요. - 그것은 당신에게 최근에 믿고 맡긴 수금에 관한 것이에요 - 나는 당신을 믿기에 절대 그런 일은 없을 것이라고 장담했어요. 하지만 지금 이렇게 당신이 이해할 수 없는 고집을 부리니, 조금이라도 당신을 변호해줄 마음을 완전히 잃어버리고 말았어요. 그리고 당신의 자리는 결코 확고한 것이 아니에요. 원래는 당신하고만 모든 것을 얘기하려고 했지만 당신이 쓸데없이 내 시간을 낭비하게 하고 있으니 당신 부모님이 알게 된다고 하더라도 난 모르겠군요. 최근 당신의 실적 또한 그렇게 만족스럽지 못해요. 물론 장사가 잘되는 계절은 아니죠. 우리도 알고 있어요. 하지만 장사를 못하는 계절은 있을 수가 없어요. 잠자 씨, 그런 일은 있어서도 안 돼요."

"하지만 지배인님!" 그레고르는 이성을 잃고 외쳤으며 흥분해서 다른 모든 것을 잊어버렸다. "당장 문을 열게요. 몸이 조금 좋지 않았고 현기증 때문에 일어나지 못했어요. 아직 침대에 누워 있어요. 하지만 지금 다시 상쾌해졌어요. 바로 침대에서 내려갈게요. 조금만 더 기다려주세요. 상태가 여전히 좋지는 않아요. 하지만 괜찮아졌어요. 어떻게 이렇게 갑자기 아플 수가 있을까요. 어제 저녁에만 해도 아주 좋았어요. 부모님은 알고 있어요. 어제 저녁때 조금이라도 알아챘더라면 좋았을 텐데요. 누구라도 저를 봤어야만 해요. 가게에 왜 알리지 않았겠어요! 하지만 사람은 집에서 쉬지 않고도 항상 병을 극복한다고 믿어요. 지배인님! 저의 부모님이 상처받지 않도록 해주세요. 지금 제게 쏟아붓는 모든 비난들은 아무 근거가 없어요. 누구도 저에게 그렇게 말하지 않았어요. 아마도 지배인님은 제가 보낸 최근 주문서를 읽지 않으셨나 보군요. 전 8시 기차를 타고 출장을 갈 거예요. 몇 시간의 휴식이 힘을 주었어요. 지배인님, 제발 비난만은 하지 말아주세요. 바로 가게에 갈 거예요. 사장님께 그렇게 한다고 잘 말씀해주시면 고맙겠어요!"

그레고르가 자신이 무슨 말을 하는지도 알지 못하면서 이 말들을 급하게 내뱉는 동안, 이미 침대에서 연습을 충분히 해서인지 그는 쉽게 궤짝 가까이에 다가가 그것에 기대어 자리에서 일어나려고 시도했다. 그는 문을 열려고 하고 정말로 지배인을 보고 말하려고 했다. 그레고르는 문이 열리기를 고대하고 있는 다른 이들이 자신을 보았을 때 무슨 말을 할지 정말 궁금했다. 그들이 경악한다면 그때는 그레고르도 어쩔 수 없으니 조용히 있을 수 있을 것이다. 하지만 그들이 모든 것을 조용히 받아들인다면 그 또한 흥분할 이유가 없으니 서두른다면 8시에 기차역에 도착할 수 있을 것이다. 그는 몇 번이고 궤짝에서 미끄러졌지만 마침내 마지막 힘을 쥐어짜내어 똑바로 섰다. 하체에격심한 통증이 느껴졌지만 더 이상 신경 쓰지 않았다. 그는 가까이에 있는 의자 등받이에 기대어 넘어지면서 의자의 모퉁이를 다리로 꽉 잡았다. 그렇게 함으로써 자신을 통제할 수 있었다. 이제 지배인이 말하는 것을 들을 수 있었기 때문에 그는 침묵했다.

"한마디라도 이해하셨나요? 그가 우리를 놀리는 건 아니죠?"라고 지배인은 부모님에게 물었다. "그럴 리가요!" 어머니가 울면서 외쳤다. "얘가 아마도 많이 아픈가 봐요. 우리가 그를 괴롭히고 있어요. 그레테! 그레테!" 그녀는 소리쳤다. "어머니?"라고 여동생은 다른 쪽에서 외쳤다. 그들은 서로 그레고르의 방을 통하여 대화했다. "당장 의사 선생님께 갔다 오너라. 그레고르가 아프단다. 빨리 의사를 불러 오너라. 지금 그레고르가 말하는 것을 들었니?" "그건 동물의 소리였어요"라고 지배인은 어머니가 소리 지르는 맞은편에서 나지막하게 말했다. "안나! 안나!" 아버지는 곁방을 통과하여 부엌 방향으로 고개를 내밀고 목청껏 가정부를 부르며 손뼉을 쳤다. "당장 열쇠를 가져와!" 그러자 두 명의 가정부가 치맛자락이 스치는 소리를 내면서 곁방을 지나서 달렸다. ─ 어떻게 여동생은 그렇게 빨리 옷을 입었을까? ─ 그리고 가정부들은 현관문을 활짝 열었다. 문이 닫히는 소리가 들리지 않았다. 아마도 그들은 엄청나게 안 좋은 일이 일어난 집에서 하는 것처럼 문을 열어놓은 것 같았다.

하지만 그레고르는 훨씬 더 평온해졌다. 물론 사람들이 그의 말을 더 이상 이해하지 못했지만 그에게는 그 말들이 예전보다 더 명확하게 들렸는데 아마도 귀가 적응했기 때문일 것이다. 여하튼 사람들은 그가 완전히 정상이 아니라 여겼고 그를 도우려 했다. 첫 번째 지시를 내릴 때 느낀 신뢰와 태도가 그의 마음에 들었다. 그는 다시 인간들의 영역으로 받아들여지는 것처럼 느꼈고 의사든 열쇠공이든 가리지 않고 그들이 대단한 일을 해주기를 바랐다. 그리고 다가오는 결정적인 대화를 위해, 가능한 명쾌한 목소리를 내기 위해 받은기침을 했다. 물론 조용히 하려고 노력했는데 왜냐하면 이러한 기침 소리 또한 인간의 그것과 다르게 들릴 수 있기 때문이다. 그레고르는 더 이상 이러한 소리를 구별할 엄두가 나지 않았다. 옆방에는 그 사이에 완전한 정적이 감돌았다. 아마도 부모님은 지배인과 함께 식탁 앞에 앉아서 귓속말을 하거나 모두들 문 앞에 기대어 귀를 기울이고 있을 것이었다.

그레고르는 천천히 의자를 문으로 밀어다 놓고 문에 몸을 기대어 문가에 똑바로 멈췄다. – 다리의 동그란 부분에는 약간의 점액이 있었다 – 그리고 그곳에서 잠시 쉬었다. 곧이어 입으로 열쇠 구멍에 꽂혀 있는 열쇠를 돌리기 시작했다. 유감스럽게도 그는 원래 이빨이 없는 듯했다. – 그렇다면 무엇으로 열쇠를 잡아야 할까? – 하지만 턱은 확실히 그것을 잡을 만큼 강했다. 턱의 힘으로 그는 실제로 열쇠를 움직였는데 그 때문에 어딘가 상처가 난 것 같았다. 왜냐하면 입에서 흘러나온 갈색 액체가 열쇠 위로 흘러서 바닥에 뚝뚝 떨어지고 있었기 때문이다. 그러나 그는 개의치 않았다.

"들어보세요. 그가 열쇠를 돌리고 있어요." 옆방에서 지배인이 말했다. 그것은 그레고르에게 엄청난 격려가 되었다. 하지만 아버지와 어머니를 포함한 모두가 그를 응원해야만 했다. "좋았어, 그레고르!"라고 그들은 외쳐야만 했다. "조금만 더. 열쇠 구멍으로 가까이!" 이러한 그의 모든 노력이 모두를 긴장 속에서 집중시킨다는 생각을 하면서, 그는 젖 먹던 힘까지 다 짜서 의식을 잃을 정도로 입을 악물었다. 열쇠가 돌아가면서 그의 몸도 열쇠를 따라 돌아갔다. 그는 단지 입으로만 자신의 몸을 가누고 있었다. 필요에 따라서는 열쇠에 매달리기도 하다가 몸무게를 이용하여 그것을 아래로 눌렀다. 마침내 철커덕하고 열쇠가 열리는 울림에 그레고르는 정신을 차렸다. 숨을 내쉬면서 그는 말했다. "열쇠공은 필요하지 않아." 그리고 문이 완전히 열리도록 머리로 문을 밀었다.

그가 이러한 방식으로 문을 열었기 때문에 꽤 넓게 문이 열렸다. 하지만 그의 모습은 아직 보이지 않았다. 그는 우선 천천히 한쪽 문짝 주위로 돌아섰고 거실로 들어서기 전에 볼품없이 바로 뒤로 나자빠지지 않기 위해 아주 조심했다. 그렇게 하는 것이 어려워서 다른 것들에 주의를 기울일 새 없이 움직임에만 몰두하던 그는, 지배인이 "오!"라고 크게 내뱉는 소리를 들었다.—그것은 마치 바람이 횡횡 소리를 내는 것처럼 들렸다—이제 그도 문가에 서 있는 지배인을 보았는데 그는 벌린 입을 손으로 막은 채 천천히 뒤로 물러났다. 보이지 않는 어떤 힘이 그를 내모는 것 같았다. 어머니는—그녀는 지배인이 있는데도 밤새 풀어져 헝클어진 머리로 서 있었다—우선 손을 포개어 아버지를 바라보았고 이어서 그레고르에게 두 걸음 다가가다가 사방으로 펼쳐진 치마 가운데로 쓰러졌는데, 얼굴이 가슴에 깊숙이 묻혀 보이지 않았다. 아버지는 그레고르를 방으로 다시 밀어 넣기라도 할 것처럼 적의가 가득한 표정으로 주먹을 쥐었고 불안하게 거실을 둘러보다가 손으로 눈을 가리고 거대한 가슴이 흔들릴 정도로 울었다.

그레고르는 더는 거실로 나오지 못하고 꽉 잠겼던 문짝에 기대었다. 그의 머리는 반 정도 보이는 상체 위로 기울어져 있었고 그런 모습으로 그는 다른 사람들을 쳐다보았다. 그러는 동안 밖은 훨씬 환해졌다. 다른 쪽 거리에는 마주하고 서 있는 끝없는 회색과 검은색 집들의 단면이 명확하게 보였다. 그것은 병원이었다 전방으로 튀어나온 단단하고 규칙적인 창문이 있는 곳이었다. 여전히 비가 내리고 있었고 빗방울은 그냥 보기에도 낱낱이 땅으로 떨어졌으며 각 빗방울은 굵고 뚜렷했다. 아침 식사를 하고 미처 치우지 못한 그릇들이 식탁에 놓여 있었다. 아버지에게 아침 식사는 하루 식사 시간 중 가장 중요한 때였다. 몇 시간 동안 다양한 신문을 읽는 시간이었기 때문이다. 맞은편 벽에는 군대 시절 그레고르의 사진이 걸려 있었다. 사진 속의 그는 소위였다. 그는 자신의 자세와 유니폼에 최대한 경의를 표하면서 검에다 손을 얹고 근심 없이 웃고 있었다. 거실로 향하는 문은 열려 있었는데, 거기에서 현관문도 열려 있는 것이 보였고 그 문을 통해서 앞마당과 아래로 향하는 계단을 볼 수 있었다.

"이제 그만." 그레고르는 말하면서 많은 사람 중에서 자신이 유일하게 평정을 유지하고 있다는 것을 알아차렸다. "곧바로 옷을 입을 거예요. 견본품을 모두 싸서 출발할 거예요. 제가 출발하도록 도와줄 거죠? 그렇게 할 거죠? 자, 지배인님, 보세요. 전 고집불통이 아니고 일하는 것을 좋아해요. 출장은 힘들지만 출장을 가지 않을 수 없잖아요. 지배인님, 대체 어디로 가시는 거예요? 가게로? 그런가요? 사장님께 모든 것을 사실대로 보고하실 건가요? 누구에게나 일을 할 수 없는 상황이 올 수 있잖아요. 제발 예전 저의 실적을 생각해주세요. 어려움을 극복하고 난 다음에 확실히 더 성실해지고 열심히 일하게 되는 시기가 있잖아요. 제가 사장님께 너무나도 충실한 직원이라는 것을 지배인님도 잘 아시잖아요. 한편으로 부모님과 여동생이 걱정돼요. 제가 어려움에 빠져 있기는 하지만 꼭 극복할 수 있을 거예요. 하지만 현재의 상황보다 더 어렵게 만들지는 말아주세요. 가게에서 제 편이 되어주세요. 사람들이 영업 사원을 좋아하지 않는다는 것을 알고 있어요. 영업 사원은 돈을 많이 벌고 멋진 삶을 산다고 생각하고 있어요. 이러한 선입견을 바꿀 특별한 일은 없는 거 같아요. 하지만 지배인님은 그 부분에 대해서 다른 직원들보다, 아니 믿고 말하는 것이지만, 사장님보다도 더 나은 통찰력을 가지고 계시잖아요. 사업가인 사장님은 위치 때문에 피고용인에게 불리한 판단을 하잖아요. 지배인님도 잘 아시다시피, 출장 가는 직원들은 1년 내내 외근이고, 그래서 쉽게 험담이나 뜻밖의 사고, 사건 그리고 근거 없는 불평의 희생양이 되잖아요. 그러한 것들에 완전히 대응하기란 불가능하죠.

왜냐하면 출장 간 사람은 그것들에 대해 전혀 알지 못하기 때문이에요. 출장을 마치고 너무 지쳐 집에서 쉬고 있을 때, 자신의 몸에 원인을 알 수 없는 나쁜 결과가 생겼다는 것만 알 뿐이죠. 지배인님, 적어도 제가 조금이라도 옳다는 말 한마디 없이 가지는 마세요!"

하지만 지배인은 그레고르가 처음 말을 내뱉었을 때 이미 등을 돌리고 어깨를 움찔거리며 공포와 혐오감으로 입술이 위로 치켜진 채 그레고르를 뒤돌아보았다. 그리고 그레고르가 말하는 동안에 잠시도 가만히 있지 못하고, 그 방을 나가는 것이 금지 사항이라도 되는 것처럼 그레고르에게서 눈을 떼지 않고 문쪽으로 천천히 움직였다. 그는 그렇게 서서히 현관 복도에 도달했으며 갑작스럽게 발바닥에 불이라도 난 것처럼 급히 마지막 발을 밖으로 빼냈다. 그리고 하늘에서 내려온 구원이 기다리고 있는 것처럼 현관 복도를 뛰쳐내려갔다.

그레고르는 이 상황 때문에 가게에서 자신의 자리가 겉으로는 위협받지 않을지라도, 이러한 분위기에서 지배인을 그냥 가도록 내버려둬서는 절대 안 된다고 생각했다. 부모님은 이런 그레고리의 생각을 이해하지 못했다. 그들은 오랫동안 그레고르가 가게에서 기반을 닦았다고 확신했고, 지금 당장의 걱정으로 미래를 생각할 여력이 없었다. 하지만 그레고르는 지배인을 멈춰 세운 후 진정시키고 설득해서 결국 자기편으로 만들어야만 했다. 그레고르와 가족의 미래가 바로 그것에 달려 있었다! 여동생이 여기 있었더라면! 그녀는 영리했다. 그레고르가 등을 기대고 누워 있었을 때 그녀는 이미 울고 있었다. 아마도 여자들에게 친절한 이 지배인을 그녀가 설득할 수 있을 것이다. 그녀가 현관문을 닫고 복도에서 그에게 이러한 끔찍한 상황에 대해 설명했을 것이다. 하지만 여동생은 마침 거기에 없었고 그레고르가 직접 움직여야 했다. 현재 자신의 몸을 제대로 움직일 수 있는 요령이 전혀 없다는 것을 생각하지 않고, 또한 자신의 말이 이해되지 않았다는 것을 생각하지 않고, 그는 문짝을 벗어나서 문틈으로 몸을 밀었다. 출입구 난간을 두 손으로 우스꽝스럽게 꽉 잡고 있는 지배인에게 가려고 했다. 하지만 멈출 곳을 찾은 후에 그는 작게 비명을 지르면서 엎어졌다. 넘어지는 순간 바로 그는 오늘 아침 처음으로 육체적인 쾌감을 느꼈다. 다리들은 딱딱한 바닥을 짚고 있었다. 마치 그가 왜 기뻐하는지 알아챈 것처럼 그에게 완전히 복종했다. 심지어 그가 가고자 하는 곳으로 주저 없이 움직였다. 그리고 모든 고통이 완전히 다 낫는 순간이 머지않았다고 느끼게 했다. 하지만 움직이는 감각을 찾으려고 좌우로 흔들거리며 어머니 맞은편 바닥에 엎드려 있는 그 순간, 완전히 정신을 잃은 것 같던 어머니가 갑자기 펄쩍 뛰며 팔을 멀리 뻗어 손가락을 들어 외쳤다. "도와줘! 맙소사, 도와줘!" 그레고르를 더 잘 보려는 것처럼 그녀는 머리를 기울였지만, 그와 반대로 몸은 무의식적으로 뒷걸음질을 쳤다. 뒤에 식탁이 있다는 것을 잊어버린 그녀는, 식탁 위에 그대로 주저앉아버렸다. 그 위에 차려진 커피 주전자가 엎어져 커피가 양탄자 위로 한꺼번에 쏟아졌는데도 그녀는 전혀 알아채지 못했다.

"어머니, 어머니." 그레고르가 나지막하게 말하고 그녀를 올려다보았다. 그는 잠시 지배인을 잊어버렸다. 그러다 흐르는 커피를 본 그는 몇 번이고 턱으로 헛되이 커피 주전자를 잡으려 애썼다. 그 모습을 보고 어머니는 다시 소리를 지르며, 식탁에서 벗어나 그녀 앞으로 급하게 오는 아버지 품에 안겼다. 하지만 그레고르는 부모님을 상대할 시간이 없었다. 지배인이 이미 계단에 있었기 때문이다. 그는 난간에 턱을 괴고 마지막으로 뒤돌아보았다. 결국 그레고르는 최대한 안전한 자세로 그를 따라잡기 위해서 도움닫기를 했다. 지배인도 뭔가를 예상했는지 계단 여러 개를 한 번에 뛰어 내려가면서 사라졌다. "으아아!"라고 외치는 비명이 집 계단 전체에 울려 퍼졌다. 유감스럽게도 이런 식으로 도망친 지배인의 모습이 이제까지 상대적으로 침착하던 아버지를 완전히 흥분시킨 듯했다. 왜냐하면 그는 지배인을 쫓아 달려가지도 않고, 그레고르가 지배인을 쫓아가는 것을 막지 않는 대신 오른손으로 지배인의 지팡이를 잡고 - 지배인이 모자와 외투를 소파 위에 놓고 갔다 - 왼손으로 식탁에 놓인 신문을 가지고 와서 발을 구르고 그레고르에게 지팡이와 신문을 휘두르면서, 그의 방으로 몰아갔기 때문이다. 아버지가 자신의 어떠한 요청도 들어주려 하지 않고 어떠한 부탁도 이해받지 못했기에, 그레고르는 순종하듯 머리를 돌리려 했지만 아버지는 점점 더 세게 발을 구를 뿐이었다. 어머니는 날씨가 차가운데도 저쪽에서 창가에 기대어, 열린 창밖으로 얼굴을 내밀고 눈물을 감추듯 손으로 얼굴을 가렸다. 골목길과 계단집 사이에는 바람이 불어 창문 커튼이 바람에 날렸고, 식탁 위의 신문들이 버석거리다 몇 장은 바닥으로 떨어졌다. 아버지는 야생동물 같은 소리를 내지르며 그를 사정없이 방으로 몰았다. 하지만 그레고르는 몸을 뒤로 돌리는 연습을 전혀 하지 않아서 아주 느리게 움직일 뿐이었다. 몸을 돌릴 수 있다면 그는 바로 자기 방으로 갔을 것이다. 그는 느려 터진 회전 동작이 아버지의 인내심을 없애 어느 순간 아버지가 지팡이로 자신의 등이나 머리에 치명타를 가할까 두려웠다. 하지만 그레고르에게는 다른 방법이 없었다. 왜냐하면 그가 뒷걸음을 칠 때에는 방향을 제대로 잡는 방법을 아직 모른다는 사실을 깨달았기 때문이다. 그렇게 그는 불안한 마음으로 아버지를 곁눈질하면서 가능한 한 빨리, 하지만 실제로는 아주 천천히 몸을 돌렸다. 아버지는 그의 의도를 알아챘는지 그를 방해하지 않고 다만 멀리 떨어져서 지팡이 끝으로 그가 이리저리 회전하는 방향을 가리켰다. 아버지의 이 참을 수 없는 쉿쉿 소리만 없다면! 그레고르는 그 소리에 완전히 당황했다. 쉿쉿 소리 때문에 거의 미칠 지경에 이르렀을 때 그는 완전히 돌아섰다. 다행히 그는 문 앞까지 도착했지만, 문틈 사이로 머리를 넣으려니 몸이 너무 넓적해서 통과할 수 없었다. 아버지는 그레고르가 들어갈 수 있도록 다른 문짝을 열어줘야 한다는 생각을 하지 못했다. 그는 오로지 그레고르가 가능한 한 빨리 방으로 들어가기를 바랐다. 아버지는 그레고르가 일어서기 위해서, 또 이러한 방식으로 문을 통과하기 위해서 필요한 번거로운 준비를 해주지 않을 것이었다. 오히려 아버지는 아무런 장애물이 없는 것처럼 기이한 소리를 내지르면서 그레고르를 앞으로 내몰았다. 그레고르의 뒤에서 울리는 음성은 아버지 한 사람이 내는 소리 같지 않았다. 정말 지긋지긋해진 그레고르는 문으로 돌진했다. 그의 몸 한쪽이 들려서 문을 열 때 비스듬히 눕혀졌는데 한쪽 옆구리는 문에 쓸려서 상처가 났고 흰색 문에는 흉측한 얼룩이 남았다. 문 사이에 꽉 끼인 그는 더 이상 혼자서 움직일 수 없는 상태였는데, 한쪽 편의 다리들은 바들바들 떨면서 공중에서 바둥거렸고, 다른 쪽의 다리들은 바닥에 눌렸다. – 그때 구원이라도 하듯 아버지가 뒤에서 그를 세게 밀쳤고 그는 엄청난 양의 피를 흘리면서 방문에서 멀찍이 밀려나 방 안에 나가떨어졌다. 아버지가 지팡이로 문을 꽝 닫았다. 남은 건 정적뿐이었다.

II

실신한 듯이 곤하게 잠을 자던 그레고르는 해가 질 무렵에 깨어났다. 사실 무언가가 그를 깨우지 않았어도 곧 일어났을 것이다. 왜냐하면 숙면으로 충분한 휴식을 취한 것처럼 느꼈기 때문이다. 하지만 도망치는 듯한 발소리와 현관 복도로 난 문을 조심스럽게 닫는 소리에 깨어났다. 가로등 불빛이 천장 위에서 가구의 높은 부분까지 희미하게 비추었지만 그레고르가 있는 아래는 어두웠다. 천천히 그는 서툰 더듬이질을 하면서 무슨 일이 일어나는지 보기 위해서 문 쪽으로 배를 밀며 움직였다. 그의 왼쪽 옆구리에는 길게 째져 불쾌하게 당기는 흉터가 생긴 듯한 데다 모든 다리가 절뚝거렸다. 더군다나 한쪽 발은 오전에 있었던 사건 때문에 심하게 다쳐서 제대로 움직이지 못하고 바닥에 질질 끌렸다. ─ 옆구리 한쪽만 상처가 났다는 것은 거의 기적 같았다.

문가에 도착해서 그레고르는 자신이 무엇에 이끌렸는지 비로소 알아챘다. 그것은 음식 냄새였다. 그의 눈앞에 흰 빵 조각들이 떠 있는 우유가 가득 찬 그릇이 놓여 있었다. 그는 너무나도 기뻐서 거의 웃을 뻔했고 아침과는 달리 엄청나게 배가 고팠기 때문에 그릇에 머리를 처박다시피 하며 우유를 먹기 시작했다. 하지만 이내 실망하여 머리를 들었다. 일단 아픈 왼쪽 옆구리 때문에 음식을 먹기 어려웠고 – 숨을 헐떡이며 온몸을 움직여야만 먹을 수 있었다 – 우유가 전혀 맛이 없었다. 예전에는 가장 즐겨 마시던 것이었고 분명히 여동생이 들여놨을 텐데도 말이다. 그는 반항하듯 그릇을 등지고 방의 가운데로 기어 돌아갔다.

그레고르는 문 틈새로 거실에 가스등이 켜져 있는 것을 보았다. 보통 이런 저녁 시간에는 아버지가 석간신문을 어머니와 여동생에게 큰 소리로 읽어주곤 했는데 지금은 아무 소리도 들리지 않았다. 아버지가 신문을 낭독하는 것을 여동생이 항상 그레고르에게 얘기해주고 편지에 써서 알고 있었는데 최근에는 그런 일이 없었다. 분명 집 안에 아무도 없는 건 아니었지만 주위는 조용했다. "다들 왜 이렇게 정적 속에서 사는 거지"라고 그레고르는 중얼거렸고, 자기 앞에 펼쳐진 어둠을 바라보다가 문득 부모님과 여동생이 이렇게 아름다운 집에서 생활할 수 있도록 애쓴 것에 대해 자부심을 느꼈다. 하지만 지금 이 모든 고요와 부와 만족이 자신에게 닥친 끔찍한 일 때문에 끝나야만 하나? 비극적인 생각에 빠져들지 않기 위해서 그레고르는 방 안에서 왔다 갔다 하며 움직였다.

긴 저녁 시간을 보내고 있는데 잠깐 동안 양옆의 문이 한 번씩 조금 열렸다가 급히 닫혔다. 누군가 들어오려다 주저했을 것이다. 그레고르는 거실로 향한 문 앞에 서서 주저하는 사람을 어떻게든 들어오게 하려 했다. 들어오지 않더라도, 적어도 누구인지는 알고 싶었다. 하지만 문은 더 이상 열리지 않았고 그레고르는 헛되이 기다렸다. 아까는 모두가 잠긴 문을 열고 들어오려 했는데, 지금은 그가 열어놓은 한쪽 문과 사람들이 낮에 열어놓았을 다른 쪽 문으로 아무도 들어오지 않았다. 심지어 열쇠가 밖에 꽂혀 있는데도.

밤이 되자 거실의 불빛이 꺼졌는데 부모님과 여동생이 그렇게 오랫동안 안 자고 있었다는 것을 알 수 있었다. 왜냐하면 지금 세 사람 모두 발꿈치를 들고 그의 방에서 멀어지는 소리를 확실히 들었기 때문이다. 아침까지 어느 누구도 그레고르의 방에 들어오지 않을 것이 확실했다. 그는 방해받지 않고 자신의 삶을 어떻게 추슬러야 할지 충분히 생각할 시간을 가질 수 있었다. 하지만 5년 전부터 그가 지낸 넓고 자유로운 방에서 납작하게 누워 있을 수밖에 없다는 사실이 그를 불안하게 했다. 반은 무의식적으로 몸을 돌리고는 수치스러움을 느끼면서 그는 소파 아래로 서둘러 기어들어갔다. 희한하게 등이 약간 눌리고 머리를 들 수 없는데도 편안함이 느껴졌다. 단지 그의 몸이 너무 넓적해 소파 아래에 완전히 감추어지지 않는다는 것이 유감이었다.

그곳에서 밤새 머무르며, 배가 고파서 깼다가 다시 선잠이 들었다가 하면서, 한편으로는 이러한 상황이 끝날 것인지 불분명한 희망과 걱정을 곱씹었다. 그리고 당분간 조심스럽게 행동하고 가족들을 생각하면서 불쾌한 일들을 참아내야만 한다는 결론을 내렸다.

이른 새벽, 그레고르가 이제 막 결심한 것을 드러낼 기회가 왔다. 옆방에서 옷을 다 입은 여동생이 문을 열고 초조하게 안을 들여다보았기 때문이다. 그녀는 그를 바로 발견하지 못하다가 – 분명 어딘가에 있을 텐데, 어디로 날아가버릴 수도 없을 텐데 – 소파 아래에 그가 있다는 것을 눈치채자 순간 너무 놀라서 문을 쾅 닫았다. 하지만 그녀는 자신의 행동을 후회하는 것처럼, 곧바로 문을 열고 중병에 걸린 환자나 낯선 이에게 오는 것처럼 발꿈치를 들고 살며시 들어왔다. 그레고르는 머리를 소파의 가장자리까지 앞쪽으로 내밀어 그녀를 관찰했다. 그녀가 알아챘을까? 그가 배가 고팠는데도 우유를 그대로 내버려두었다는 것을. 그의 입맛에 맞는 다른 음식을 가져올까? 만약 동생이 눈치채지 못하면, 그레고르는 여동생의 발밑에 엎드려 뭔가 먹을 만한 것을 달라고 애원하기 위해 소파 앞으로 나가야 하나 잠시 고민했다. 하지만 그렇게 주의를 끌기보다는 차라리 굶어 죽는 것이 낫다는 생각이 바로 떠올랐다. 여동생은 의아해하면서 여전히 우유가 가득 차 있는 그릇을 바라보았다. 우유가 조금 그릇 주위에 쏟아져 있었다. 그녀는 바로 그릇을 들어 올렸다. 물론 맨손이 아니라 걸레로 집어 들고 나갔다. 그레고르는 그녀가 우유 대신 무엇을 가져올지 무척 궁금했고 이런 저런 추측을 했다. 하지만 여동생이 고민 끝에 그에게 가져온 것은 결코 예측할 수 없는 것들이었다. 그녀는 그의 입맛을 시험하게 위해서 선택할 수 있는 모든 것들을 펼친 신문지에 담아 가져왔다. 거기에는 오래돼 반은 썩은 야채, 저녁 식사 후 남는 바람에 딱딱하게 군은 하얀 소스가 덕지덕지 묻은 뼈, 몇 개의 건포도와 아몬드, 그레고르가 이틀 전에 먹을 수 없다고 말한 치즈, 마른 빵, 버터 바른 빵, 그리고 버터를 바르고 소금을 뿌린 빵이 있었다. 그리고 그레고르가 사용하도록 그녀가 정해 놓은 그릇을 놓고 거기다 물을 부었다. 세심한 그녀는 그레고르가 자기 앞에서는 먹지 않으리라는 것을 알아채고 서둘러 문을 닫고 나갔으며 심지어 열쇠를 돌려 잠갔다. 그럼으로써 편안하게 하고 싶은 것을 하도록 그레고르가 눈치챌 수 있게 했다. 그레고르는 다리를 급히 움직여 음식에 다가갔다. 그의 상처는 이미 완전히 나았다. 더 이상 어떤 불편도 느끼지 못했다. 그는 그러한 사실에 놀랐다. 한 달쯤 전에 칼에 조금 베인 손가락의 상처가 그저께까지 아팠기 때문이다. '이제 감각이 무뎌진 건가?'라고 생각하며 치즈를 허겁지겁 핥아먹었다. 다른 음식들보다도 먼저, 그리고 강렬하게 그것에 끌렸던 것이다. 만족감에 눈물을 흘리며 연이어 재빨리 치즈와 야채 그리고 소스를 먹어 치웠다. 신선한 음식들은 맛이 없고 냄새를 맡을 수도 없어서 그가 먹고 싶은 것들을 조금 멀리까지 끌어다 놓기도 했다. 그레고르가 뒤로 물러나야 한다는 신호를 주듯 여동생이 천천히 열쇠를 돌렸을 때 그는 이미 음식을 다 먹고 그 자리에 게으르게 누워 반쯤 졸고 있다가 깜짝 놀라 급히 소파 아래로 갔다. 하지만 그건 그에게 엄청나게 힘든 일이었다. 여동생이 방에 머무는 시간은 잠깐이었지만 많은 음식을 먹은 그의 배가 둥글게 나와 소파 아래의 좁은 공간에서는 숨 쉬기도 어려웠다. 그는 고통스러운 눈물을 흘리며, 아무것도 모르는 여동생이 남은 음식뿐만 아니라 그가 전혀 건드리지도 않은 음식까지 더 이상 필요 없다는 듯 빗자루로 쓸어서 급하게 통 안에 털어 넣고 나무 덮개로 닫아 들고 나가는 것을 보았다. 나갈 때까지 그녀는 돌아보지 않았고 소파 아래에서 기어 나온 그레고르는 몸을 펴고 가스를 내뿜었다.

그레고르는 이러한 모습으로 매일 음식을 얻어먹었다. 부모님과 가정부들이 잠들어 있는 아침에 한 번, 그들이 점심을 먹고 난 후 한 번 식사를 했다. 점심 식사 후 부모님은 잠시 낮잠을 잤고 여동생은 가정부들을 심부름 보냈다. 분명 그녀는 그레고르가 굶어 죽기를 원하지는 않았지만, 그가 먹는 것을 사람들이 알고 소문을 퍼트리는 것을 참을 수 없었을 것이다. 그렇게 여동생은 가족들에게 조금이라도 슬픔을 안기지 않으려 했다. 그녀도 실제로 충분히 고통받고 있었기 때문이다.

첫날 오전에 어떠한 변명을 하고 의사와 열쇠공을 돌려보냈는지 그레고르는 알 수가 없었다. 어느 누구도 그의 이야기를 이해하지 못했다. 아무도, 여동생까지도 그가 사람의 말을 이해할 수 있으리라고는 미처 생각하지 못했다. 그래서 그는 여동생이 자기 방에 왔을 때 깊은 한숨과 하나님을 찾는 기도를 듣는 것으로 만족해야만 했다. 그녀가 나중에 모든 것에 익숙해졌을 때 – 완전하게 익숙해질 수는 없겠지만 – 그레고르는 여동생이 하는 말에 담긴 친절한 의도를 가끔 알아차렸다. 그가 음식을 먹고 그릇을 비웠을 때 "오늘은 맛이 좋았나 보네"라고 그녀는 말했지만 점점 더 슬픈 듯이 말하는 경우가 많아졌다. "그냥 그대로네."

그레고르는 직접 새로운 상황을 겪을 수는 없었지만 많은 사실을 옆방에서 엿들었고, 작은 소리라도 들리면 그쪽으로 난 문으로 달려가서 몸 전체를 기댔다. 이틀 내내 식사 시간마다, 어떻게 처신해야 할지 서로 의논하는 소리가 들렸다. 하지만 식사 시간 외에도 똑같은 주제로 얘기하는 소리가 자주 들렸는데, 적어도 두 명의 가족이 항상 집에 머물렀기 때문이다. 아마도 어느 누구도 혼자 집에 머물러 있기를 원하지 않았을 것이며 어떠한 경우라도 모두가 집을 비울 수는 없었을 것이다. 가정부 한 명도 첫째 날에 바로 – 그녀가 이 집에서 일어난 사건에 대해 무엇을 얼마만큼 알았는지는 명확하지 않다 – 어머니

앞에 무릎을 꿇고 해고해달라고 호소했다. 그리고 15분 후 작별인사를 하며 가정부는 자신을 해고한 일이 자신에게 최고의 자비를 베푸는 것이라는 듯 고마워했고 눈물까지 흘렸다. 그리고 그녀는 어느 누구에게도 이 집에서 일어난 일에 대해 절대 발설하지 않겠다고 맹세했다.

이제 여동생은 어머니와 함께 요리해야만 했다. 물론 가족들은 거의 먹지 않았기 때문에 그렇게 수고롭지는 않았다. 한 사람이 다른 사람에게 음식을 먹으라고 헛되이 권했지만 매번 "고맙지만 충분히 먹었어" 혹은 비슷한 대답 외에는 들리지 않았다. 아마 물도 거의 마시지 않았을 것이다. 종종 여동생이 아버지에게 맥주를 마실 건지 물었고 자신이 가져오겠다고 나섰다. 아버지가 고민하면서 침묵하자 그녀는 집사에게 맥주를 들려 보내겠다고 했지만, 아버지는 결국 "아니야!"라고 크게 말했고 가족들은 더 이상 그것에 대해 얘기하지 않았다.

첫째 날 아버지는 이미 전 재산 상태와 전망을 어머니와 여동생에게 말했다. 그는 식탁에서 일어나 5년 전에 사업이 망했을 때 건진 장부와 서류가 들어 있는 작은 보물 상자를 가져왔다. 아버지가 복잡한 자물쇠를 열어서 찾던 것들을 꺼낸 후에 다시 닫는 소리가 들렸다. 아버지의 설명은 그레고르가 감금된 이래로 들을 수 있었던 최초의 기쁜 소식이었다. 지금까지 아버지는 지난번 사업을 하고 남아 있는 것이 전혀 없다고 했고,

적어도 그와 반대되는 사실을 그에게 말하지 않았으며, 그레고르도 물론 그것에 대해 묻지 않았다.

그때 그의 목표는 오로지 모든 희망을 앗아가버린 사업의 실패 때문에 불행을 겪는 가족들을 가능한 한 빨리 행복하게 만드는 것이었다. 그래서 그는 모든 힘을 다해 일했고 하룻밤 사이에 일반 사원에서 능력에 따라 돈을 벌 수 있는 가능성이 큰 영업 사원이 되었다. 그가 일한 만큼 즉시 중개료가 들어왔으며 그 돈을 받고 경이로워하고 행복해하는 가족의 모습을 볼 수 있었다. 그때가 정말 좋은 시절이었는데, 그 이후 그레고르가 가족 전체의 생활비를 감당할 수 있을 정도로 많은 돈을 벌어다 줬는데도 예전처럼 가족들이 기뻐하는 일은 없었다. 가족도 그렇고 그레고르 자신도 이러한 모습에 익숙해졌다. 물론 가족들은 돈을 받을 때에는 그레고르에게 고마움을 느꼈으며 그도 가족들을 위해 자신이 번 돈을 기꺼이 내놓았다. 하지만 부모님은 그에게 그 이상의 특별한 애정을 주지는 않았다. 단지 여동생만이 그레고르를 다정하게 대해주었다. 그래서 그는 자신과 달리 음악을 정말 사랑하고 바이올린을 감동적으로 연주할 수 있는 여동생을 엄청난 비용을 감수하고라도 내년에 음악 학교에 보낼 계획이었다. 그의 계획을 실행하는 데는 비용이 많이 들기 때문에 다른 방식으로 돈을 더 벌어 와야만 했다. 종종 그레고르가 시내로 돌아와 잠시 머무는 동안 여동생과 음악 학교에 대해 이야기했지만 그것은 단지 실현하기 힘든 아름다운 꿈으로서만이었다. 부모님도 이러한 순진한 이야기를 듣는 것을 좋아하지 않았다. 하지만 그레고르는 그 일을 실현할 방안을 아주 구체적으로 생각했고 그 계획에 대해 크리스마스 저녁에 기쁜 마음으로 설명하려 했다.

그가 문가에 바싹 붙어서 엿듣는 동안 쓸데없는 생각이 머릿속에서 맴돌았다. 가끔은 너무 피곤해서 말이 전혀 들리지가 않아 무기력하게 힘이 빠진 채 머리를 문에 부딪히기도 했다. 하지만 그 즉시 힘을 주고 고개를 들었는데, 왜냐하면 그 때문에 작은 소리라도 나면 옆방에서 듣고 모두가 물을 끼얹은 듯 조용해졌기 때문이다. "뭘 하는 건지……"라고 아버지가 말하며 문 쪽으로 몸을 돌렸고, 잠시 후 중단된 대화가 다시 시작되었다.

그레고르는 이제 충분히 알 수 있었다. – 왜냐하면 어머니가 모든 것을 한 번에 이해하지 못해서, 아버지가 설명을 종종 반복했기 때문이다 – 불행 중 다행으로 옛날부터 조금 가지고 있던 재산이 있었는데 거기서 이자가 생겼다는 것이었다. 그 외에도 그레고르가 매달 준 돈을 – 아버지가 단지 몇 굴덴이라도 간직하고 있었고 – 전부 다 써버리지 않았으며 적으나마 자본금으로 모았다는 것이었다. 문 뒤에 서 있던 그레고르는 열심히 고개를 끄덕이며 아버지가 의외로 신중하게 재산을 절약해

놓은 사실에 기뻐했다. 지금 남아 있는 돈으로 원래 사장님께 진 아버지의 빚을 계속 갚았다면 빚잔치를 끝내는 것이 훨씬 빨라졌을 테지만, 지금은 확실히 아버지가 돈을 모아둔 것이 더 나은 상황을 만들었다.

하지만 아버지가 모아둔 돈의 이자만으로 가족들이 살아가기에는 충분하지 않았다. 그 돈으로 아마도 가족들이 1년, 최대 2년은 버틸 수 있겠지만 그 이상은 힘들었다. 그 돈은 헐어서는 안 되는 것이며 비상사태를 대비하기 위해 아껴둬야만 했다. 생활을 유지하기 위해서는 별도의 생활비가 필요했다. 하지만 이미 5년 전부터 어떠한 일도 하지 않은 아버지는 건강하다 할지라도 노인이었고 그에게 많은 것을 기대할 수 없었다. 아버지는 지난 5년 동안 고되었지만 성공하지 못한 삶에서 벗어나 처음으로 휴식을 취하고 있었고 지방이 많이 쌓여서 몸이 둔해졌다. 집 안을 돌아다니는 것만으로도 힘들어하고, 이틀에 한 번씩은 천식 때문에 호흡곤란으로 창문을 열어놓고 소파에서 지내야만 하는 늙은 어머니가 돈을 벌어 올 수도 없었다. 아직 열일곱 살밖에 안 되었고 지금까지 호사스러운 생활을 누렸으며 예쁜 옷을 입고 늦게까지 자고 집안일을 도와주고 몇 차례 소박한 오락에 참여하던, 그리고 바이올린을 연주하던 여동생이 돈을 벌어야만 하는가? 가족 중 누군가가 돈을 벌어야 한다는 이야기가 나올 때면, 그레고르는 너무나 큰 수치심과 슬품에 몸이 뜨거워져서 우선 문을 열어놓고 그 옆에 있는 차가운 가죽으로 된 안락의자에 몸을 던졌다.

종종 그는 안락의자에서 밤새도록 잠도 자지 않고 파묻혀 있었다. 그러지 않으면 안락의자를 창가로 밀고 가서 창문 아래의 벽을 기어 올라가 안락의자에 몸을 버틴 채 창가에 기대었다. 예전에 창밖을 바라보면서 느꼈던 해방감을 기억하면서. 왜냐하면 실제로 날이 갈수록 조금씩, 멀리 있는 것들이 그의 눈에 점점 불명확하게 보였기 때문이다. 예전에는 너무나도 자주 보았던 맞은편 병원도 더 이상 전혀 보이지 않았다. 그가 조용하지만 도시 한가운데에 있는 샤로텐 거리에 살고 있다는 것을 정확히 기억하지 못했다면, 회색빛 하늘과 땅이 분간 안 되는 황무지를 보고 있다고 믿어도 되었을 것이다.

세심한 여동생은 딱 두 번 의자가 창가에 놓여 있는 것을 보았을 뿐인데, 그 이후로 방을 청소한 후에 매번 의자를 다시 정확하게 창가로 밀었고 심지어 안쪽에 있는 창문을 열어놓기까지 했다. 그레고르가 여동생과 대화할 수 있고, 그녀가 그를 위해 하는 일들에 고마움을 표할 수 있다면, 그는 그녀가 해주는 일을 좀 더 가벼운 마음으로 받아들이거나 견딜 수 있었을 것이다. 하지만 그렇지 않기에 그는 힘들었다. 여동생은 분명 고통스러운 이 모든 일을 가능한 한 짊어지려 했다. 시간이 지날수록 당연히 그녀도 이 일에 익숙해졌지만 그레고르는 점점 모든 것을 훨씬 더 정확하게 알게 되었다. 그녀가 들어오는 것이 그에게는 끔찍한 일이었다. 다른 때에는 모두에게 그레고르의 방을 보이지 않기 위해서 끝없이 주의를 기울이는 그녀는 방에 들어서자마자 문을 닫을 새도 없이 곧바로 창가로 달려갔다. 그러고는 거의 질식이라도 할 것처럼 다급히 창문을 열고 추위도 아랑곳없이 깊은 숨을 들이마시고 내뱉었다. 이러한 뜀박질과 소음으로 그녀는 그레고르를 매일 두 번씩 놀라게 했다. 그 시간 동안 그는 소파 아래에서 떨면서 여동생은 힘드니까 그렇게 행동할 수밖에 없다고 자신을 달래곤 했다.

아마도 그레고르가 변신한 지 한 달쯤 되었을 것이다. 한번은 그녀가 그날따라 조금 일찍 와서 그레고르와 마주쳤는데, 그때 그는 움직이지 않고 똑바로 서서 창문 밖을 바라보고 있었다. 그는 자신이 그렇게 창가에 서서 그녀가 바로 창문을 열 수 없도록 방해했기 때문에 그녀가 들어오지 않으리라 예상은 했다. 하지만 그녀는 들어서지 않았을 뿐만 아니라 심지어 뒤로 후다닥 물러나서 거칠게 문을 잠갔다. 낯선 이가 봤다면 그레고르가 숨어서 기다렸다가 그녀를 잡아먹을 거라고 생각했을 것이다. 그레고르는 당연히 바로 소파 밑으로 몸을 숨겼지만 여동생은 점심때나 되어서야 다시 들어왔다. 그녀는 다른 때보다 훨씬 더 불안해 보였다. 그것으로 여동생이 아직도 그를 보는 것이 견디기 힘들고, 앞으로도 계속 그러리라는 것을 그레고르는 알 수 있었다. 소파 아래에 튀어나온 그레고르의 몸의 작은 부분을 보고 도망치지 않는 것은 아마도 그녀에게는 아주 힘든 일이었을 것이다. 그녀의 시야에서 조금이라도 이러한 모습을 감추려고 그레고르는 어느 날 등 위에 시트를 올려 소파 위로 옮겼다. - 네 시간에 걸쳐서 - 그리고 시트에 소파가 완전히 덮이도록 정돈해서 여동생이 허리를 굽히더라도 그를 볼 수 없도록 했다. 그녀가 생각하기에 시트가 필요 없다고 여겼다면 치울 수도 있었을 것이다. 왜냐하면 이렇게 완전히 시야를 차단하는 것이 그레고르에게 즐거운 일이 아니었기 때문이다. 하지만 분명한 건 그녀가 시트를 그대로 두었다는 것이다. 그리고 그가 이렇게 새롭게 배치한 것을 여동생이 어떻게 받아들일지 보기 위해서 조심스럽게 머리 위로 시트를 약간 들어 올렸을 때, 그레고르는 그녀의 고마워하는 눈빛을 포착했다고 믿었다.

처음 2주 동안 부모님은 그의 방에 감히 들어올 엄두를 내지 못했다. 그레고르는 종종 그들이 딸이 하는 일을 얼마나 크게 인정하는지 들을 수 있었다. 사실 두 분은 예전에는 그녀를 별 도움이 안 되는 여자애로 보았기 때문에 종종 그녀에 대해 화를 내셨다. 하지만 지금은 여동생이 그레고르의 방을 청소하는 동안 방 앞에서 기다렸다가 그녀가 나오자마자 방의 상태와 그레고르가 먹은 것과 그레고르의 행동, 호전되는 기미에 대해 정확하게 듣고 싶어 했다. 어쨌든 어머니는 조금이라도 빨리 그레고르의 방에 들어가려 했지만 아버지와 여동생은 이성적인 이유로 우선 말렸는데 그 이유를 그레고르는 아주 주의 깊게 들었고 그도 완전히 동의했다. 하지만 나중에 그들은 어머니를 힘으로 제압해야만 했는데 그때마다 그녀는 울부짖었다. "그레고르에게 갈 거다. 말리지 마! 그 애는 불쌍한 내 아들이야! 내가 내 아들을 보러 간다는데 왜 붙잡는 거야!" 울음 섞인 비명을 들은 그레고르는 슬픔과 괴로움으로 이리저리 돌아다니며 생각했다. 어쩌면 어머니가 매일은 아니더라도 일주일에 한 번이라도 들어온다면 좋지 않을까? 어머니는 여동생보다 모든 것을 훨씬 더 잘 이해했을 것이다. 비록 여동생이 용기를 냈지만 그녀는 아직 어렸고 결국 철없는 무분별 때문에 이렇게 어려운 일을 맡은 것이라고 생각했다.

어머니를 보고 싶어 하는 그레고르의 소원은 곧 이루어졌다. 낮 시간에 그레고르는 부모님을 배려해서 창가에 모습을 보이지 않으려고 했다. 하지만 몇 제곱미터밖에 안 되는 바닥은 그가 기어 다니기에는 그렇게 크지 않았고 가만히 누워만 있는 것은 밤에만 하기에도 힘들었으며 더 이상 먹는 것도 즐겁지 않았기에, 기분전환을 위해서 이리저리 벽과 천장을 기어 다니는 습관을 들였다. 특히 천장 위에 매달려 있는 것이 좋았는데 바닥에 누워 있는 것과는 아주 달랐고 좀 더 자유롭게 숨을 쉴 수 있었다. 가벼운 진동이 몸 전체에 퍼져 그레고르가 위에 있을 때는 너무 기분이 좋아 방심하고 있다가 자신도 놀랄 정도로 바닥으로 철퍼덕 소리를 내며 떨어질 때도 있었다. 하지만 이제 그도 예전과 달리 스스로 몸을 제어할 수 있었고 높은 곳에서 떨어져도 크게 다치지 않았다.

여동생은 바로 그레고르가 찾아낸 새로운 놀이를 알아냈고-그는 기어 다니며 여기저기에 점액질의 흔적을 남겼다-그래서 그녀는 그레고르가 최대한 넓게 기어 다닐 수 있도록 방해가 되는 가구들, 무엇보다도 궤짝과 책상을 치워버릴 생각을 했다. 하지만 혼자 할 수는 없었다. 아버지에게는 부탁할 엄두도 내지 못했고 가정부도 분명히 그녀를 돕지 않을 것이다. 왜냐하면 혼자 남은 열일곱 살의 가정부도 비교적 용감하게 잘 버티고 있지만, 부엌문을 항상 닫아도 되는지, 특별히 불렀을 때만 열어도 되는지 물어봤기 때문이다.

그렇다면 아버지가 계시지 않는 동안에 어머니를 불러 오는 방법밖에 없었다. 어머니는 아들을 본다는 생각에 흥분해서 달려왔지만 막상 그레고르의 방문 앞에 오니 긴장하여 말이 없어졌다. 먼저 여동생이 방 안의 모든 것이 제대로 되어 있는지 살피고 그다음 어머니를 방 안으로 들어서게 했다. 그레고르가 서둘러 시트를 좀 더 깊숙이, 더 많이 구겨 잡아당겼기에 시트 전체가 그냥 우연히 소파 위에 던져진 것처럼 보였다. 그레고르는 이번에는 시트 아래에서 밖을 살펴보지 않았다. 그는 이번 기회에 어머니를 보는 것은 이미 포기했고 단지 그녀가 왔다는 사실에 기뻤다. "들어와요. 오빠는 보이지 않아요." 여동생이 말했다. 분명히 그녀는 어머니의 손을 잡고 이끌었으리라. 그레고르는 연약한 여자 두 명이 무겁고 낡은 궤짝을 밀어 옮기고 있으며 여동생이 줄곧 그 일의 대부분을 도맡아 하고 있다는 것을 소리로 알 수 있었다. 그녀는 무리하지 말라는 어머니의 경고를 듣지 않았고 결국 일은 아주 오래 걸렸다. 15분 동안 애쓰다가 결국 어머니는 궤짝을 차라리 여기에 두자고 말했다. 첫 번째 이유는 이것이 너무 무거워 아버지가 도착하기 전에 끝내지 못할 것이고, 두 번째 이유는 방 중앙에 있는 궤짝이 모든 길을 차단하기 때문이라는 것이었다. 세 번째는 그레고르가 가구를 없애는 것을 좋아할지 확실하지 않기 때문이었다. 어머니는 그레고르가 비어 있는 벽을 보면 마음이 좋지 않을 거라고 여겼다. 그레고르라도 왜 이러한 느낌이 없겠는가. 오랫동안 익숙해 있던 가구가 치워진다면 그는 홀로 빈 방에 내버려졌다고 느낄 것이었다. 확실했다. "그렇지 않을까?" 어머니는 그레고르가 어디 있는지도 모르는 채 그가 자신의 목소리를 듣지 못하게 하려는 듯 속삭였고, 그가 그 말을 이해하지 못했으리라고 확신했다. "우리가 가구를 없앤다면 그 애 건강이 호전되리라는 모든 희망을 포기하고 그 아이를 그냥 방치하는 것처럼 보이지 않을까? 내 생각에는 우리가 방을 원래 있었던 그 상태로 유지하는 게 최선일 거 같아. 그가 다시 우리에게 돌아온다면, 모든 것이 변하지 않고 있어야 그사이에 있었던 악몽을 더 쉽게 잊을 수 있잖아."

어머니의 이러한 말을 들으면서 그레고르는 자신이 변하고 난 뒤 두 달 정도의 기간 동안 가족 내에서 단조로운 삶을 살고, 모든 사람들과 직접적으로 얘기하는 것이 부족해서 이해력이 떨어졌음을 알아차렸다. 왜냐하면 자기 방이 비도록 진지하게 요구한다는 것을 달리 설명할 수 없었기 때문이다. 아무리 방해받지 않고 자유로이 모든 방향으로 기어 다닐 수 있다 해도, 물려받은 가구들로 편안하게 꾸며진 이 따뜻한 방을 지옥으로 변하게 하고 싶었을까? 또한 동시에 자신의 인간으로서의 과거를 과연 빠르게 완전히 잊고 싶었을까? 그가 인간으로서의 삶을 잊으려는 순간, 오랫동안 듣지 못한 어머니의 음성이 그를 흔들어놓았다. 어떠한 것도 없어져서는 안 되었다. 모든 것이 그대로 있어야만 했다. 그의 상태에 가구가 주는 좋은 영향을 포기할 수 없었다. 아무런 의미도 없이 기어 다니는 데 가구가 방해가 되었다면 그것은 손해가 아니라 엄청난 장점이었다.

하지만 유감스럽게도 여동생의 의견은 달랐다. 그레고르의 문제에 관해서는 그녀는 특히 부모님과는 달리 전문가처럼 행동했고 그녀의 생각이 전혀 부당한 건 아니었다. 그리고 지금 어머니의 조언은 그녀가 처음에 생각했듯 궤짝과 책상뿐만 아니라, 없어서는 안 되는 소파만 제외하고 모든 가구를 없애는 충분한 이유가 되었다. 이러한 요구를 할 수 있는 것은 단지 어린 소녀의 유치한 반항과 최근에 그녀가 예상치도 못하게 획득한 자신감 때문이 아니었다. 그녀는 그레고르가 기어 다니기 위해 충분한 공간이 필요한 반면 누가 봐도 그레고르에게 가구가 전혀 필요 없다는 것을 실제로 보았다. 어쩌면 그녀 나이 또래의 소녀들이 갖는, 어떠한 경우에도 자신의 만족감을 찾는 열광적인 감각도 한몫했을 것이다. 그 때문에 그레테는 좀 더 충격적인 상황을 만들면 자신이 좀 더 많은 것을 할 수 있으리라는 점에 유혹되었을 것이다. 왜냐하면 그레고르가 혼자서 텅 빈 벽을 차지하고 있는 공간에는, 아마 그레테 외에는 어느 누구도 감히 들어올 엄두를 못 낼 것이기 때문이었다. 그래서 그녀는 어머니의 말에도 자신의 결정을 물리지 않았고, 어머니는 이 방에서 엄청나게 불안해하면서 확신을 갖지 못하고 침묵한 채 궤짝을 내가는 여동생을 도왔다. 이제 그레고르는 궤짝 없이는 지낼 수 있었다. 그러나 유사시에 책상은 있어야만 했다. 여자들이 끙끙거리면서 궤짝을 밀어 방에서 나가자마자, 그레고르는 자신이 어떻게 하면 조심스럽고 가능한 한 배려하는 마음으로 관여할 수 있을지 알아보려고 소파 아래에서 머리를 앞으로 내밀었다. 하지만 불행하게도 먼저 돌아온 사람은 어머니였다. 그레테는 옆방에서 궤짝을 더는 옮기지 못하고 혼자서 이리저리 흔들고 있었다. 어머니는 그레고르를 보는 것에 익숙하지 않았다. 그가 그녀를 놀라게 할 수도 있을 것이다. 그래서 그레고르는 소파 뒤쪽 끝으로 서둘러 뒷걸음질 쳤다. 하지만 시트가 앞으로 약간 움직이는 것을 더 이상 막을 수는 없었다. 그것은 어머니의 주의를 끌기에는 충분했고 그녀는 멈춰 서서 잠시 가만히 있다가 그레테에게 돌아갔다.

그레고르는 특별한 일이 생기는 게 아니라 단지 몇 개의 가구 위치만 바뀔 뿐이라고 스스로에게 말했다. 하지만 여자들의 분주한 들락거림, 그녀들이 작게 부르는 소리, 바닥에 가구 긁히는 소리, 사방에서 가까워지는 거대한 소동이, 그를 미쳐버릴 것처럼 만들었다. 그래서 그는 머리와 다리를 안으로 모아서 바닥에 꽉 눌렀다. 이 모든 것을 더 이상 참아낼 수 없었다. 그들은 그의 방을 치우면서 그가 좋아하는 모든 것을 가져갔다. 실톱과 공구들이 있던 궤짝은 이미 내갔다. 이제는 그가 상패를 세워놓고 대학생, 고등학생 그리고 기초학교 때 숙제를 하던 책상의 다리를 고정시킨 것을 풀었다. 그때 그는 두 여자가 어떠한 좋은 의도로 이러는지 생각해볼 여유가 없었다. 그들의 존재를 그는 거의 잊어버렸다. 너무 지쳐버린 그들은 아무 말 없이 일했으며 그들의 무거운 발소리만 들릴 뿐이었다.

결국 그는 갑자기 일어났다. ─ 여자들은 옆방에서 잠시 숨을 돌리기 위해 책상에 기대고 있었다 – 그는 네 번이나 가는 방향을 바꾸며 우선 뭐부터 구해내야 할지 망설였다. 그때 텅 비어버린 벽에 진짜 모피 제품을 입은 여인의 그림이 걸려 있는 것을 보았다. 급하게 기어 올라가서는 그림을 붙들고 뜨거운 배를 시원하게 해주는 유리에 달라붙었다. 그레고르가 몸으로 완전히 덮은 이 그림만큼은 어느 누구도 가져가지 못할 것이다. 그는 여자들이 돌아오는 것을 보기 위해 거실 문 쪽으로 머리를 돌렸다.

여자들은 잠시 후 다시 돌아왔다. 그레테는 어머니에게 팔을 두르고 그녀를 떠받치고 있었다. "자, 이제 뭘 가져갈까요?"라고 말하며 그레테가 둘러보았다. 그때 그녀의 시선이 벽에 붙어 있는 그레고르와 마주쳤다. 그레테는 어머니가 있어서 애써 평정을 유지하며 어머니가 둘러보는 것을 막으려고 자기 얼굴을 어머니에게 숙이고 떨면서 말했다. "이리 오세요. 잠시라도 거실에 가 있는 게 어때요?" 그레고르는 그레테의 의도를 알아챘다. 그녀는 어머니를 안전하게 모시고 나서 그를 벽에서 쫓아낼 생각이었다. 그녀는 충분히 그럴 수 있었다! 그는 그림 위에 더 힘껏 달라붙었다. 절대 그것을 넘겨주지 않을 것이다. 차라리 그레테의 얼굴로 뛰어들 것이다.

하지만 그레테의 말이 어머니를 불안하게 했다. 옆으로 선그녀는 거대한 갈색 흔적이 꽃이 만발한 벽지 위에 있는 것을 보았다. 그녀는 자기가 본 것이 그레고르라는 사실을 알아차리기도 전에 비명을 질렀다. "맙소사, 하나님!" 그리고 모든 것을 포기한 듯 소파 위로 넘어져서 움직이지 않았다. "그레고르!" 여동생은 그를 노려보고 주먹을 추켜올리면서 외쳤다. 그것이 그가 변신한 이후로 그녀가 그레고르에게 직접 한 첫 번째 말이었다. 그녀는 기절한 어머니를 깨울 약을 찾기 위해 옆방으로 뛰어갔다. 그레고르도 도우려 했지만 – 그림을 구할 시간은 아직 충분했다 – 유리에 몸이 너무 딱 들러붙어 온 힘을 다해 떼어내야만 했다. 그는 예전처럼 여동생에게 어떠한 조언을 해 줄 것처럼 옆방으로 갔다. 하지만 아무것도 하지 못하고 그녀 뒤에 서 있어야만 했다. 약병을 여러 개 꺼내던 그녀가 몸을 돌렸을 때 그를 발견하고 순간 경악해서 병 하나를 떨어뜨렸다. 병이 바닥에 떨어져 깨지면서 그 유리 파편이 그레고르의 얼굴에 상처를 냈다. 뭔가 독한 약품이 그의 얼굴에 흘렀다. 그레테는 지체 없이 가져갈 수 있는 모든 병들을 모아 어머니에게로 달려갔다. 발로 문을 닫자 그레고르는 어머니와 동떨어졌다. 그의 잘못으로 어머니는 죽을지도 모른다. 그는 문을 열어서는 안 된다. 어머니 곁에 있어야만 하는 여동생을 쫓고 싶지 않았다. 이제 기다리는 수밖에 없었다. 자기 비하와 걱정으로 그는 가만히 있지 못하고 기어 다니기 시작했다. 벽, 가구, 천장 그리고 모든 것들의 위를 기었다. 마침내 방 전체가 그를 에워싸고

빙빙 돌기 시작했을 때 그는 절망감에 빠져 중앙에 있는 거대한 탁자 위로 떨어졌다.

짧은 시간이 흐르는 동안 그레고르는 몹시 지쳐 계속 누워 있었고 주위는 고요했다. 그때 벨이 울렸다. 가정부는 부엌에 숨어 있어서 여동생이 문을 열러 갔다. 아버지가 오셨다. "무슨 일이야?" 그의 첫마디였다. 그레테의 모습에서 그는 모든 것을 추측할 수 있었다. 그레테는 얼굴을 아버지의 가슴에 묻고 울먹이는 목소리로 대답했다. "어머니가 기절했어요. 하지만 지금은 좀 나아졌어요. 그레고르가 모습을 드러냈거든요." "내 그럴 줄 알았다." 아버지는 말했다. "내가 항상 얘기했건만 여자들이 말을 듣지 않으니." 그레테가 전한 짤막한 소식은 아버지에게 나쁜 의미로 전달되었고, 아버지는 그레고르가 나타나서 여자들에게 어떤 폭력을 가했으리라고 생각하는 것이 분명했다. 그래서 그레고르는 진정시킬 방도를 찾아야 했다. 왜냐하면 그에게 설명할 시간도 방법도 없었기 때문이다. 현관 복도로 들어서는 아버지가 자신을 바로 볼 수 있도록 그는 방문에 기대어 섰다. 즉시 자기 방으로 돌아갈 마음이 있고 아버지가 자신을 위협적으로 대하지 않고 단지 문만 열어주면 바로 사라질 것이라는 것을 보여주기 위해서였다.

하지만 아버지는 이러한 섬세함을 인지할 기분이 아니었다. 그는 들어서면서 "아하!"라고 외쳤는데 화가 나면서도 동시에 기쁘다는 말투인 듯했다. 그레고르는 문에서 고개를 돌려 아버지를 보면서 머리를 들어 올렸다. 아버지가 거기에 그렇게 서 있다는 것을 한 번도 생각해보지 않았다. 물론 그가 최근에 기어 다니는 것에 몰두하느라 예전처럼 집에서 일어나는 일들에 신경 쓰는 것을 게을리하긴 했다. 원래는 변화된 상황을 파악했어야 한다. 그런데 정말 저기 서 있는 사람이 예전의 아버지란 말인가? 그레고르가 출장에서 돌아왔을 때, 침대에 파묻힌 것처럼 피곤한 모습으로 누워 있던 바로 그 사람이란 말인가. 그가 집으로 돌아온 저녁에 잠옷을 입고 안락의자에 앉아서 그를 맞이하던 그 사람인가. 제대로 일어설 수도 없어 반가움의 표시로 단지 팔만 들어 올리던 그 사람이 맞는가. 1년에 몇 번, 일요일이나 명절 때 드물게 가족 모두 산책할 때, 아버지는 그의 옆에서, 그리고 아버지를 위해 천천히 걷는 그레테와 어머니 사이에서 낡은 외투에 감싸여 항상 조심스럽게 T자형 지팡이를 짚고 느리게 걸었다. 그리고 뭔가를 얘기하려 할 때는 거의 매번 조용히 서서 함께 간 사람들이 자기 주위로 모이게 하지 않았던가?

하지만 그는 지금 매우 똑바로 서 있었다. 은행 직원이 입는 황금 단추가 달린 빳빳한 푸른색 유니폼이 맨 먼저 눈에 띄었다. 재킷에 높이 솟은 빳빳한 깃 위로 그의 강한 이중 턱이 뻗어 있었다. 덥수룩한 눈썹 아래에는 검은 눈이 선명하고 신중한

빛을 뿜었다. 헝클어져 있던 흰머리는 꼼꼼하고 차분한 가르마 머리로 빗어져 있었다. 그는 금실로 은행의 이니셜이 새겨진 모자를 벗어 방 저쪽에 있는 소파 위로 던졌다. 그러고는 긴 유니폼 제복의 끝자락을 뒤로 젖힌 채 손을 바지주머니에 넣고 화를 꾹 참는 얼굴로 그레고르에게 다가갔다. 그가 무엇을 계획하고 있는지 그레고르는 알지 못했다. 여하튼 그는 발을 보통 때보다 높이 올렸으며 그레고르는 그의 부츠 크기에 놀랐다. 하지만 그것이 무슨 의미인지는 신경 쓰지 않았다. 그레고르는 새로운 생활의 첫날부터 아버지가 자신에게 아주 엄격하다는 것을 알았다. 그래서 그는 도망쳤고 아버지가 멈춰 서면 그도 멈췄다. 그리고 아버지가 움직이면 그도 서둘러 움직였다. 그렇게 그들은 여러 번 거실 안을 돌았다. 아직 어떠한 결정적인 사건은 일어나지 않았는데, 그레고르가 워낙 느리게 움직일 수밖에 없었기 때문에 이러한 모습은 쫓기는 것처럼 보이지 않았다. 그레고르는 한동안 바닥에 머물렀다. 자신이 벽이나 천장으로 도망가는 것을 아버지가 비겁하다고 여길까 봐 두려웠던 것이다. 특히 이 상황이 오래 지속될까 봐 걱정되었는데 왜냐하면 아버지가 한 걸음 움직일 때 그는 온몸을 꿈틀거리며 달아나야 했기 때문이다. 숨 쉬기가 힘들었다. 예전부터 그는 폐가 그다지 좋은 상태가 아니었다. 모든 힘을 모아서 움직이려 했지만 그는 이제 거의 눈을 뜨지 못했다. 꼼꼼하게 절단된 모서리와 뾰족한 것들로 가득한 가구 뒤에 빈 벽이 있다는 것도 잊어버렸다. 그때 그의 옆으로 무언가 휙 날아들었다. 사과였다. 이어서 바로 두 번째 사과가 그를 향해 날아왔다. 그레고르는 너무 놀라 움직일 수조차 없었다. 계속 움직이는 것은 아무 소용이 없었는데, 아버지가 그를 사과로 때려 맞추려 결심했기 때문이다. 과일이 담긴 접시에서 사과를 집어 들어 주머니에 가득 채운 아버지는 정확하게 그를 겨냥해서 하나하나 세게 집어던졌다. 작고 빨간 사과들이 바닥에서 구르고 서로 부딪혔다. 약하게 던진 사과 하나가 그레고르의 등을 가볍게 스쳤지만 상처를 내지 않고 미끄러졌다. 하지만 곧이어 날아온 사과가 그레고르의 등에 적중했다. 그레고르는 기절할 정도로 격렬한 통증을 느끼고는 계속 몸을 질질 끌면서 도망치려고 했다. 하지만 못이라도 박힌 듯한 통증은 계속됐고 정신이 혼미해진 그는 뻗어버렸다. 그가 마지막으로 본 것은 활짝 열린 방문이었다. 소리를 지르는 여동생 앞으로 속옷만 입은 어머니가 서둘러 나왔다. 실신했을 때 호흡을 편하게 하도록 여동생이 어머니의 겉옷을 벗겼다. 어머니는 아버지에게 달려갔고, 가는 길에 풀어헤쳐진 치마가 잇달아 바닥에 끌려서 형편없이 구겨졌다. 그녀는 넘어질 듯이 아버지에게 달려가 아버지를 꼭 끌어안고 울면서 그레고르를 살려달라고 빌었다. 하지만 그레고르의 시력은 더 이상 제 기능을 발휘하지 못했다.

III

그레고르는 심한 상처로 한 달 이상 통증에 시달렸다. ─ 사과
는 그대로 박혀 있었고 어느 누구도 그것을 뽑아낼 엄두를 내
지 않았기 때문이다. 그것은 눈에 보이는 기념품처럼 육체 덩
어리에 꽂혀 있었다 ─ 그레고르의 현재 모습은 슬프면서도 역
겨웠지만 아버지는 그가 가족 구성원이었다는 것을 기억한 듯
했다. 그를 적처럼 취급하거나 배척하고 싶은 마음을 참는 것
이 가족의 의무이고, 결국에는 '그의 존재 자체를' 참아내는 수
밖에 없었다.

그리고 이제 그레고르도 깊은 상처를 입어서 방을 돌아다니
기 위해서는 늙은 병사처럼 긴 시간이 필요했다. ─ 높은 곳을
기어 다니는 것은 생각할 수도 없었다 ─ 그는 상태가 악화되었
으나, 자신이 그런 상태가 되어 가족들이 측은한 마음을 가졌
으리라 생각했다. 왜냐하면 저녁 무렵이면, 그가 예전에 이미
한두 시간 동안 날카로운 눈으로 관찰하던 거실 문을 가족들이
열어놓았기 때문이다. 거실에서는 잘 보이지 않는 어두운 방에
누워서 불빛이 있는 식탁 앞에 앉아 있는 가족 전체를 볼 수 있
고, 그들이 이야기하는 것을 어느 정도까지는 들어도 된다는
허락이 떨어졌다는 뜻이다. 예전과는 아주 달랐다.

그레고르가 작은 호텔 방의 눅눅한 침대에 몸을 던져야 할

때면, 그리움을 가지고 생각하던 예전의 생기 넘치는 대화는 확실히 더 이상 없었다. 지금은 대체적으로 너무 조용할 뿐이었다. 아버지는 저녁 식사 후 안락의자에서 곧 잠이 들었다. 어머니와 여동생은 서로에게 조용히 하라고 주의를 주었다. 어머니는 등불 아래로 깊숙이 몸을 숙이면서 양장점에 가져다줄 고급 세탁물의 바느질을 했다. 판매 직원 자리를 구한 여동생은 나중에 더 나은 직책을 얻기 위해서 저녁에 속기와 프랑스어를 배웠다. 가끔 아버지는 깨어나서 자신이 잠이 들었다는 사실을 전혀 알지 못하는 것처럼 어머니에게 말했다. "오늘도 너무 오랫동안 바느질을 하는 거 아니오?" 그리고 다시 바로 잠이 든 반면에 어머니와 여동생은 서로 바라보며 지친 듯이 미소를 지었다.

아버지는 일종의 고집처럼 집에서도 직원 제복을 벗지 않았다. 아버지는 제복을 입은 채 잠들었고, 그의 평상복은 하릴없이 옷걸이에 걸려 있었다. 그는 항상 일을 할 준비가 된 채 집에서도 상사의 부름을 기다리는 것 같았다. 그 때문에 어머니와 여동생이 세심하게 신경을 썼는데도 처음부터 새것 같지 않던 제복은 더욱 낡아 보였다. 그레고르는 종종 저녁 내내, 항상 잘 닦아서 빛나는 황금 단추가 달린 얼룩진 옷, 그 옷을 입고 아주 불편하지만 조용히 잠을 자는 늙은 아버지의 모습을 바라보았다.

10시가 되자 어머니는 아버지를 깨워 여기서는 자기 불편하니 침대에 가서 자라고 나지막하게 말했다. 그는 새벽 6시에 일을 나가야 하기 때문에 푹 자야만 했다. 하지만 아버지는 일을 시작한 이후, 매번 의자에서 잠이 들었는데도 그 자리에서 움직이려 하지 않았다. 게다가 의자에서 침대로 몸을 움직이려면 엄청나게 힘이 들었다. 어머니와 여동생은 사소한 경고로 그를 협박했지만, 그는 15분가량 눈을 감은 채 천천히 머리를 흔들며 일어나지 않았다. 어머니는 그의 소매를 살짝 잡아당기면서 그의 귀에 기분 좋은 말을 속삭였고 여동생은 어머니를 돕기 위해서 하던 일을 멈췄지만, 아버지는 말을 듣지 않았다. 그는 점점 더 깊숙이 의자에 파묻혔다. 여자들이 그의 팔을 어깨에 둘렀을 때에야, 눈을 뜨고 어머니와 여동생을 번갈아 보며 말했다. "이게 삶이라니깐. 이것이 나의 오랜 지난날들의 휴식이야." 두 여자에게 기대어서 그는 귀찮은 듯이, 스스로가 가장 큰 짐이라도 되는 것처럼 일어서서, 여자들이 문까지 자신을 데려가도록 했다. 그곳에서 그들을 눈짓으로 제지하고 혼자 걸었고 반면에 어머니는 뜨개질감, 여동생은 펜을 급하게 내려놓고 아버지의 뒤를 따라가서 계속 그를 도우려 했다.

이렇게 과도하게 지쳐 있는 가족 가운데 누가 도움이 절대적으로 필요한 그레고르를 돌봐줄 시간이 있었겠는가? 집안 살림은 점점 더 어려워졌다. 가정부는 이제 해고되었다. 하얗게 된 머리를 뒤로 넘겨 올린, 거대한 근육질의 가정부만이 아침저녁마다 가장 힘든 일을 처리하기 위해서 왔다. 어머니가 많은 양의 삯바느질을 하면서 다른 모든 것들을 돌보았다. 심지어 어머니와 여동생이 예전에 모임이나 기념일에 행복한 모습으로 치장하던 대물림받은 많은 보석들도 다 팔아버렸다. 저녁에 그것을 팔고 받은 금액에 관한 대화를 들어서 그레고르는 그 사실을 알게 되었다. 하지만 이러한 현재의 상황에 비해 너무 큰 집을 떠날 수 없다는 것이 그들의 가장 큰 문제였다. 왜냐하면 어떻게 그레고르를 옮겨야 할지 알 수 없었기 때문이다. 하지만 그레고르가 보기에는 단지 그를 옮길 수 없다는 것이 큰 문제가 아니었다. 왜냐하면 공기구멍을 몇 개 낸 적당한 상자에 그를 넣어서 쉽게 이동할 수 있었기 때문이다. 가족들이 본질적으로 집을 바꾸는 것을 주저하는 이유는, 아마도 전체 친척과 친지들 사이에서 어느 누구도 겪어보지 않은 불행을 자신들이 겪고 있다는 생각으로 희망을 완전히 상실했기 때문일 것이다. 세상이 가난한 사람들에게 요구하는 것을 가족들은 최대한 충족시키고 있었다. 아버지는 직책이 낮은 은행원에게 아침 식사를 받아 왔으며, 어머니는 낯선 이들의 빨래를 하면서 희생했으며, 여동생은 사무용 책상 뒤에서 고객의 요구 사항을 좇아 이리저리 뛰어다녔다. 하지만 가족들의 능력은 거기까지였다. 어머니와 여동생이 아버지를 침대로 데려다 놓고 돌아와서 일을 내버려두고 가까이 붙어 뺨을 맞대고 앉아 있다가, 어머니가 그레고르의 방을 가리키면서 말할 때 그레고르는 등에 난 상처가 다시 생겨난 것처럼 아파 왔다. "저기 문을 닫아, 그레테……." 그레고르가 다시 어둠에 머물게 되었을 때, 여자들은 나란히 앉아서 말없이 눈물을 훔치거나 멍하니 식탁을 응시하기만 했다.

그레고르는 밤낮으로 깊이 잠을 잘 수가 없었다. 가끔 그는 다음에 문이 열릴 때 가족의 문제들을 예전처럼 다시 해결하는 것을 생각해봤다. 사장님과 지배인, 위탁자와 견습공, 고집 센 하인, 다른 가게의 친구들 두세 명, 시골 호텔의 종업원, 사랑스러우면서도 무상한 기억, 그가 오랜 시간 동안 진지하게 마음을 얻으려고 한 모자 가게의 여직원이 떠올랐다. 그들 모두가 낯선 사람들 혹은 잊힌 사람들과 섞여서 떠올랐지만, 그와 그의 가족을 도울 수는 없는 사람들이어서 그들이 생각에서 사라졌을 때 그는 기뻤다. 하지만 그렇다고 가족을 걱정할 기분은 아니었다. 단지 가족들이 자신을 잘 돌보지 못한 것에 대한 분노만이 일었다. 그는 특별히 어떠한 것을 먹고 싶지 않았는데도 식품저장실에 가려고 계획을 세웠다. 그가 아무리 배가 고프지 않다고 하더라도, 여하튼 자기 것들을 그곳에서 가져오기 위해서였다.

그레고르가 특히 뭘 좋아할지 더 이상 생각하지 않고 여동생은 아침과 점심때마다 가게로 출근하기 전에 아무 음식이나 그레고르의 방 안에 발로 밀어 넣었다. 그레고르가 단지 음식의 맛만 보았는지, 전혀 건드리지도 않았는지, 그런 것에 상관없이 저녁이 되면 빗자루로 쓸면서 치워버렸다. 이제 그녀가 매일 저녁 해주던 방 정리도 뜸해졌다. 더러운 흔적이 벽을 따라 이어졌으며, 여기저기에 먼지 뭉치와 오물 쓰레기가 널려 있었다. 처음에 그레고르는 여동생이 도착할 때즈음, 어느 정도 비난을 받더라도 특히 잘 보일 수 있는 각도에 서 있었다. 그는 아마도 한 주 내내 거기 서 있을 수도 있었겠지만 여동생은 조금도 나아지지 않았다. 그녀는 그와 마찬가지로 더러운 것을 보았지만, 그냥 그렇게 쓰레기를 내버려두기로 한 것 같았다. 게다가 그녀는 나머지 가족이 어쩔 줄 모를 정도로 예민해졌고 그레고르 방을 청소하는 것은 자신에게 맡겨두라면서 경계했다. 한번은 어머니가 물을 몇 통 사용하여 그레고르 방의 대청소를 감행했다. – 너무 축축한 것은 물론 그레고르를 더 고통스럽게 했으며, 그는 소파 위에 퍼져서 떨면서 그리고 움직이지도 않고 누워 있었다 – 하지만 어머니에게 돌아온 것은 비난이었다. 저녁이 되기도 전에 여동생은 그레고르 방의 변화를 알아챘고 엄청난 모욕을 당한 듯이 거실로 달려가 어머니가 손을 들고 애원했는데도 울음을 터뜨렸다. 그러한 모습에 부모님은 놀라서 – 당연히 아버지는 소파에서 깜짝 놀라셨다 – 어찌할 줄 모른 채 지켜

보기만 했다. 그들이 움직이기 시작했을 때까지도, 아버지는 그레고르 방을 청소하는 것을 여동생에게 맡기지 않았다고 어머니를 비난했다. 그와 반대로 왼쪽에 있는 여동생은 다시는 어머니가 그레고르 방을 청소해서는 안 된다고 소리쳤다. 그러는 동안에 어머니는 너무 흥분한 아버지를 침대 방으로 끌고 가려고 했다. 여동생은 몸을 떨고 흐느껴 울면서 작은 주먹으로 식탁을 내리쳤다. 그레고르는 너무나도 화가 나서 쉬쉬 소리를 내었으며, 문을 닫아버렸다. 그는 이러한 광경과 소음을 피하는 것밖에는 어떠한 생각도 할 수 없었다.

하지만 설사 여동생이 밖에서 일하느라 지쳐서 예전처럼 그레고르를 돌보는 것을 귀찮아한다고 하더라도, 결코 여동생을 대신해서 어머니가 청소를 해서는 안 되었다. 그레고르가 그냥 방치되어 있을 필요도 없었다. 왜냐하면 이제 가정부가 있지 않은가. 이 늙은 미망인은 강인한 몸집과 정신력으로 긴 삶의 여정에서 험난한 과정들을 극복했고 그레고르를 전혀 두려워하지 않았다. 어떠한 호기심도 없이 그녀는 우연히 그레고르 방의 문을 열었고, 어느 누구도 쫓지 않았는데도 너무 놀라서 이리저리 기어 다니는 그레고르를 보고는 옷자락을 잡고 놀란 듯이 서 있었다. 그 이후로 그녀는 항상 잠시라도 아침과 저녁때마다 문을 조금 열었고, 그레고르를 들여다보는 것을 소홀히 하지 않았다. 처음에 그녀는 "이리 와 봐, 늙은 벌레야!" 또는 "이 늙은 벌레 좀 보게나!"처럼 친근한 말투로 그를 불렀다. 그레고르는 아무런 대답도 하지 않았고 문이 열리지 않은 것처럼 그 자리에 있었다. 가족들이 기분에 따라 그를 쓸데없이 방해하지 않고 차라리 이 가정부에게 그의 방을 매일 청소하라고 시켰다면 얼마나 좋을까! 한번은 이른 아침에 – 아마도 다가오는 봄의 조짐인지 엄청난 비가 창문을 두들겼다 – 가정부가 다시 말을 걸었을 때 그레고르는 너무 불쾌해서 공격할 것처럼, 물론 천천히 그리고 무기력하게 그녀에게로 방향을 바꿨다. 하지만 가정부는 그를 두려워하기는커녕 입을 크게 벌린 채 서서 문가에 있던 의자를 높이 쳐들 뿐이었다. 마치 그녀의 손에 있는 의자로 그레고르의 등을 내려치고 싶어 하는 것 같았다. "자, 더는 안 되겠어?"라고 그녀는 물었으며, 그레고르가 다시 몸을 돌리자 의자를 구석에 되돌려놓았다.

그레고르는 이제 거의 아무것도 먹지 않았다. 단지 그가 우연히 준비된 음식 가까이로 지나갈 때, 놀이 삼아 그것을 약간 입에 물었으며, 그곳에서 몇 시간 동안 물고 있다가 대부분은 다시 내뱉었다. 처음에는 자기 방의 상황을 보고 슬퍼하느라 먹는 것도 꺼린다고 생각했지만, 그는 변화된 방의 상태에 곧 만족했다. 사람들은 다른 곳에 더 이상 둘 수 없는 것들을 이 방에 가져다 놓는 것에 익숙해져 물건들이 점점 많아졌는데, 가족들이 방 하나를 세 명의 신사들에게 빌려주었기 때문이다.

이 진지한 신사들은 - 그레고르가 문틈을 통해서 확인했는데 셋 다 턱수염이 가득했다 - 자신들의 방뿐만 아니라, 이 집에서 하숙을 하게 된 이상 전체 살림과 부엌이 잘 정리정돈이 되었는지도 민망하게 간섭했다. 필요 없는 것이나 심지어 더러운 잡동사니를 차마 보지 못했다. 게다가 그들은 대부분 자신들의 가구를 가지고 왔다. 이러한 이유로 물론 팔 수 있는 것은 아니지만 그렇다고 버리고 싶지 않은 많은 것들이 넘쳐났다. 이런 물건들로 그레고르의 방은 꽉 찼다. 부엌에 있던 석탄 상자와 쓰레기 상자도 마찬가지였다. 지금 당장 필요하지 않은 물건은, 가정부가 급히 서둘러 그레고르의 방에다 내팽개쳤다. 그레고르는 다행히도 내팽개쳐지는 물건과 그것을 쥔 손만 보았다. 가정부는 아마도 시간과 기회가 될 때 그것들을 다시 가져가거나 한꺼번에 밖으로 내다 버리려는 듯했다. 하지만 그것들은 처음 놓인 그대로 계속 쌓여 있었다. 그레고르는 잡동사니에 막혀 방향을 못 바꾸고 기어 다닐 공간이 전혀 없었기 때문에, 직접 그것을 옮길 수밖에 없었다. 그것을 옮기고 난 후에는 죽을 것처럼 피곤하고 슬퍼서 오랜 시간 동안 움직일 수 없었지만 나중에는 점점 재미가 붙었다.

하숙하는 신사들이 가끔 거실에서 함께 저녁 식사를 했기 때문에 저녁 시간 때에는 거실 문이 여러 번 닫혀 있었지만, 그레고르는 문을 열려고 하지도 않았다. 몇 번 문이 열려 있을 때에도 그레고르는 그 기회를 이용하지 않고 가족들이 알아채지 못하게 그냥 어두운 방의 구석에 누워 있었다. 한번은 가정부가 거실로 향하는 문을 조금 열어놓았고, 신사들이 저녁에 거실로 와서 불을 켰을 때도 문은 열려 있었다. 그들은 예전에 아버지와 어머니 그리고 그레고르가 식사하던 식탁의 위쪽 자리에 앉아 냅킨을 펼치고 칼과 포크를 손에 쥐었다. 즉시 고기 요리를 든 어머니가 문에 나타났고 바로 뒤에 여동생이 높이 쌓아 올린 감자 요리를 들고 왔다. 음식에서는 뜨거운 김이 올랐다. 신사들은 앞에 놓인 음식들 위로 몸을 굽히고 먹기 전에 검사라도 하는 듯했다. 실제로 중간에 앉아 있는, 다른 두 사람보다 윗사람인 듯한 사람이 접시 위에 놓인 고기가 충분히 연한지 아니면 그렇지 않아서 다시 요리를 부탁해야 할지 확인하기 위해 잘라보았다. 그는 만족해했고 긴장하면서 지켜보고 있던 어머니와 여동생도 안도의 숨을 쉬며 미소를 지었다.

가족들은 부엌에서 먹었다. 하지만 아버지는 부엌으로 가기 전에 거실로 들어와서 손에 모자를 쥐고 한 번 몸을 숙이고 식탁 주위를 한 바퀴 돌았다. 신사들도 수염 안에서 우물우물 음식을 씹으며 모두 일어났다. 그런 다음에 그들만 남자 대화도 없이 그저 먹기만 했다. 특이하게도 그레고르에게는 다양한 모든 음식의 소리 중에서도, 그들이 음식을 씹는 소리가 가장 잘 들렸다. 그 소리는 마치 사람은 먹기 위해서는 치아가 필요하며, 이가 없는 턱은 아름다울 수 없다는 것을 웅변하는 듯했다. "나도 입맛이 당기네." 그레고르는 불안하게 말했다. "하지만 저 사람들이 먹는 것과 같은 그런 거 말고. 아…… 배고파!"

이날 저녁에 바로 – 그레고르는 내내 바이올린 소리를 들었다는 것을 기억하지 못했다 – 바이올린 소리가 부엌에서 들렸다. 신사들이 저녁 식사를 마치자 중간에 있는 신사가 신문을 꺼내들어 다른 두 사람에게 각각 한 장씩 주었고 그들은 뒤로 기대어 담배를 피웠다. 바이올린이 연주되자 관심이 생긴 그들은 일어서서 발뒤꿈치를 들고 곁방 쪽으로 가서 나란히 선 채 서로를 밀쳤다. 그 소리가 부엌에서도 들렸기에 아버지는 외쳤다. "연주 때문에 불편하신가요? 즉시 멈추라고 하겠소." "그 반대입니다"라고 중간에 있던 신사가 말했다. "숙녀분께서 저희에게로 오셔서, 좀 더 편안하고 쾌적한 이 방에서 연주하시지 않겠습니까?" "오! 그렇게 하지요"라고 아버지는 자신이 바이올린 연주자인 것처럼 외쳤다. 신사들은 거실로 돌아가 기다렸다. 곧 악보대를 잡은 아버지, 악보를 든 어머니, 그리고 바이올린을 든 여동생이 왔다. 여동생은 차분하게 연주할 준비를 했다. 예전에 한 번도 방을 세놓은 적이 없던 부모님은 신사들에게 너무 공손해서 심지어 자신들은 의자에 앉을 엄두도 내지 않았다. 아버지는 문에 기대어 섰고 채워진 제복의 단추 두 개 사이에 오른손을 넣고 있었다. 어머니에게는 한 신사가 의자를 내주었고 그 신사는 의자를 놓았던 구석진 자리에 앉았다.

여동생이 연주를 시작했다. 아버지와 어머니는 모두 자기 자리에서 주의 깊게 그녀 손의 움직임을 쫓았다. 그레고르는 연주에 이끌려서 문 쪽으로 나아갔으며 머리를 거실로 내밀었다. 그는 자신이 최근에 다른 이들을 그렇게 많이 배려하지 않는다는 것에 대해 전혀 놀라지 않았다. 예전에 배려는 그의 자랑이었다. 게다가 지금은 그가 숨어 있어야 할 이유가 더 많아졌다. 왜냐하면 그의 방 곳곳에 쌓여 조그마한 움직임에도 이리저리 날아다니는 먼지를 완전히 뒤집어쓰고 있었기 때문이다. 실, 머리카락, 남은 음식물도 그의 등이며 옆구리며 몸 전체에 묻어 있었다. 예전에 그는 시간을 정해 등을 대고 누워 그러한 것들을 양탄자에 문질러 떼어냈지만, 지금은 그런 것들에 무신경해졌다. 이러한 상태였는데도 그는 깨끗한 거실 바닥으로 한 발자국 나아가는 것을 거리끼지 않았다.

물론 누구도 그에게 신경 쓰지 않았다. 가족들은 완전히 바이올린 연주에 빠져 있었다. 바지 주머니에 손을 넣은 신사들은, 악보를 볼 수 있을 정도로 여동생의 악보대 뒤에 너무 가까이 서 있어서 여동생에게 분명히 방해가 되었는데, 그들은 곧 낮게 대화하면서 고개를 숙이고 창가로 돌아갔고 아버지가 잘 볼 수 있는 자리에 섰다. 그들은 아름답고 흥미로운 바이올린 연주를 들을 수 있으리라 기대했다가 실망한 늣했고, 낱까지 이어지는 연주에 싫증을 내는 것 같았지만, 예의상 나름 조용히 하는 척했다. 그러나 그들 모두가 코와 입으로 높이 뿜어내는 담배 연기는 아주 거슬렸는데, 그럼에도 여동생은 너무나도 아름답게 연주했다. 그녀의 얼굴은 옆으로 기울어졌고 그녀의 시선은 슬픔을 담은 채 가만히 악보를 따라갔다. 그레고르는 좀 더 앞으로 기어가서 가능한 한 그녀와 시선이 마주칠 수 있도록 바닥에 밀착했다. 음악에 사로잡힌 그는 과연 짐승일까? 마치 갈망하는 낯선 음식으로 가는 길이 그에게 나타나는 것 같았다. 그는 여동생이 있는 데까지 기어가서 그녀의 치마를 잡아 당겨 그녀가 바이올린을 가지고 자신의 방으로 오기를 바란다고 표현하기로 결심했다. 왜냐하면 여기에 있는 어느 누구도 그처럼 그녀의 연주를 가치 있게 여기지 않기 때문이었다. 그는 살아 있는 동안 적어도 그녀를 자신의 방 밖으로 내보내고 싶지 않았다. 그의 끔찍한 형상은 그에게 처음으로 유용할 것이다. 그의 방에 있는 문들을 통해 공격하는 이들에게 흉한 몰골로 맞설 수 있을 것이다. 하지만 그녀는 강요받지 않고 자발적으로 그의 옆에 머물러야만 할 것이다. 인간이었던 그때 그는 그녀를 음악 학교에 보내겠다는 의지가 확고했고, 불행이 닥치지 않았더라면, 지난 크리스마스 때 – 크리스마스가 이미 지나갔나? – 아무리 반대하더라도 모두에게 이 계획을 말했을 것이다. 이러한 설명을 듣고 나면 여동생은 감동의 눈물을 쏟을 것이고, 그레고르는 미소를 띠면서 그녀가 가게에 나가면서 밴드나 깃을 하지 않았던 목에 키스할 것이다.

"잠자 씨!" 중간의 신사가 더 이상 말을 하지 못하고 천천히 앞으로 움직여 오는 그레고르를 검지로 가리켰다. 바이올린은 멈췄고 중간에 있는 신사는 그제야 머리를 한 번 흔들면서 친구들을 보고 웃고 다시 그레고르를 쳐다보았다. 아버지는 그레고르를 쫓는 대신에 우선 신사들을 진정시킬 필요를 느꼈다. 그러나 신사들은 전혀 놀라지 않았고 바이올린 연주보다 그레고르를 더 재미있어하는 것 같았다. 아버지는 서둘러 그들에게 가서 팔을 벌려 그들을 방으로 몰면서 그레고르를 보지 못하도록 몸으로 가렸다. 그들은 조금 화가 났는데 그 이유가 아버지의 행동 때문인지, 아니면 그레고르 같은 이웃이 함께 살고 있다는 것을 몰랐다가 알게 되었기 때문인지는 알 수 없었다. 그들은 아버지에게 해명을 요구했고 신경질적으로 수염을 잡아당기며 천천히 자신들의 방으로 돌아갔다.

그사이에 여동생은 갑작스럽게 연주를 중단하게 되자 체념에 빠졌다가 금세 극복했다. 한동안 처져 있는 손에 바이올린과 활을 붙잡고 계속 연주할 것처럼 악보를 보다가, 단번에 일어나서, 호흡하기 어려워 아직 소파에 앉아 있는 어머니의 무릎에 악기를 놓고 옆방으로 달려갔다. 신사들은 아버지가 밀치는 바람에 좀 더 빠르게 방에 가까워졌다. 여동생이 숙달된 모습으로 침대의 이불과 베개를 공중으로 펼치면서 정돈하는 것이 보였다. 신사들이 방에 도착하기도 전에 그녀는 침대를 정리하는 것을 마치고 미끄러지듯이 방에서 나왔다. 아버지는 다시 고집스럽게 정중함을 잊고 그들을 밀쳐 신사들에게 무례를 저질렀다. 방문에서 중간에 있는 신사가 화를 내면서 발을 굴러 아버지를 멈추게 했다. "이것으로 명백히 하겠습니다." 그는 손을 들어서 어머니와 여동생도 눈으로 찾으면서 말했다. "저는 이 집과 가족을 지배하는 불쾌한 관계를 고려하여" – 여기서 그는 바닥에다 감히 침을 뱉었다 – "제 방을 당장 해약하겠습니다. 물론 여기서 머물렀던 며칠 동안의 방값도 전혀 지불하지 않을 것입니다. 반면에 이런 증거들로 당신들을 상대로 손해배상을 청구할지 아닐지는 한번 생각해보겠습니다." 그는 침묵했고 뭔가를 기대하듯이 앞을 바라보았다. 그의 두 친구들이 바로 말을 이었다. "우리 또한 당장 방을 해약하겠습니다." 그는 문고리를 잡고서는 꽝 소리와 함께 문을 닫았다.

아버지는 손으로 더듬거리면서 의자로 비틀비틀 걸어가 털썩 주저앉았다. 그는 평상시 저녁잠을 자는 것처럼 뻗어 있었지만, 멈추지 않고 강하게 흔들리는 그의 머리는 그가 전혀 잠을 자고 있지 않다는 것을 나타냈다. 그레고르는 신사들이 그를 처음 본 그 자리에 내내 누워 있었다. 그의 계획이 실패해서 생긴 실망감이, 어쩌면 수차례의 배고픔으로 생긴 허약함이 그가 움직이는 것을 불가능하게 했을 것이다. 그는 일종의 확신을 가지고 자기 자신이 무너질까 봐 두려워하면서 기다렸다. 어머니의 떨리는 무릎에서 떨어져 울리는 바이올린 소리조차도 그를 놀라게 하지 않았다.

"사랑하는 부모님." 동생은 말을 시작하면서 손으로 식탁을 쳤다. "더 이상은 안 되겠어요. 혹시 두 분이 상황 파악이 되지 않는다 해도 제가 알아요. 저는 이 괴물을 오빠라고 부르고 싶지 않아요. 제가 오로지 말하고 싶은 것은 우리가 여기에서 벗어나야만 한다는 거예요. 우리는 이 괴물을 돌보고 참아오면서 인간으로서 가능한 모든 일을 다 했어요. 제가 생각하기에는 어느 누구도 절대 우리를 비난할 수 없어요."

"이 아이 말이 백번 옳고말고." 아버지가 말했다. 여전히 제대로 숨을 쉴 수 없었던 어머니는 상상도 할 수 없다는 듯 눈으로 표현하면서 손으로 앞을 가리고 둔탁하게 기침하기 시작했다.

여동생은 어머니에게로 급히 가서 이마를 짚어보았다. 아버지는 여동생의 말에 확고한 결심을 한 듯했다. 똑바로 앉아서는 저녁 식탁의 접시들 사이에 있는 제복 모자를 만지작거렸고 이따금 조용히 있는 그레고르를 쳐다보았다.

"우리는 이제 벗어나야 해요." 여동생이 아버지에게 말했다. 어머니는 기침을 하느라 아무것도 듣지 못했기 때문이다. "이 괴물이 두 분도 죽일 거예요. 뻔히 보인다고요. 이렇게 우리 모두가 힘들게 일을 해야만 한다면, 어느 누구도 집에서 이러한 영원한 고통을 견뎌낼 수 없을 거예요. 저도 더 이상 못하겠어요." 그리고 그녀는 너무나도 격렬하게 울음을 터뜨려서 어머니의 얼굴에 눈물이 떨어졌다. 그녀는 어머니의 얼굴에 떨어진 눈물을 기계적인 손동작으로 훔쳤다.

아버지는 그녀를 불쌍히 여기며 너무나도 잘 알았다는 듯이 나지막하게 말했다. "얘야, 하지만 우리가 무얼 할 수 있겠니?"

여동생은 조금 전의 확고한 태도와는 대조적으로, 우는 동안에 몰려온 무력함 때문에 어깨만 으쓱거릴 뿐이었다.

"그가 우리를 이해한다면." 아버지는 반은 질문하듯이 말했다. 여동생은 울면서 그런 건 생각도 할 수 없는 일이라는 뜻으로 손을 격렬하게 내저었다.

"그가 우리를 이해한다면." 아버지는 반복했지만 결국 눈을 감으면서 그러한 것이 불가능하다는 여동생의 설득을 받아들였다. "그렇다면 아마도 그에게 양해를 구할 수 있을 텐데. 하지만 이렇게는."

"그런 생각을 하지 말아야 해요!" 여동생은 소리쳤다. "그것이 유일한 방법이에요, 아버지. 아버지도 이것이 그레고르라는 생각을 떨쳐버리셔야만 해요. 우리가 이렇게 오랫동안 믿었다는 것은 불행한 일이에요. 도대체 어떻게 이것이 그레고르일수가 있나요? 그가 그레고르라면, 그와 같은 괴물과 인간이 함께 산다는 것이 가능하지 않다는 것을 이미 파악하고 스스로 나갔을 거예요. 그렇다면 우리는 오빠가 없지만 계속 살아갈 수 있었을 것이고 그에 대한 좋은 기억을 가지고 있을 텐데요. 하지만 이 괴물은 이렇게 우리를 압박하고 신사들을 쫓아내고 집 전체를 차지하고서는, 우리를 골목길에서 자게 하려는 것이 분명해요. 보세요, 아버지." 그녀는 갑자기 소리를 질렀다. "그가 다시 움직이기 시작하잖아요!" 그리고 여동생은 그레고르에게 이해할 수 없는 공포를 느끼면서 심지어 어머니 곁에서 물러났다. 그레고르의 근처에 머물 바에는 차라리 어머니를 희생시키기라도 할 것처럼 어머니의 의자에서 멀어져 서둘러 아버지의 뒤로 갔다. 아버지는 그녀의 행동으로 또 흥분하여 일어섰고 여동생을 보호하듯 팔을 반쯤 그녀의 앞으로 올렸다.

하지만 그레고르는 어느 누구도, 더욱이 여동생을 무섭게 할 생각이 없었다. 그는 단지 방으로 되돌아가기 위해 몸을 돌렸을 뿐이다. 그러한 행동은 물론 눈에 띄었다. 그는 통증을 느끼며 힘겹게 몸을 돌리느라 매번 머리를 들었다 바닥에 쳤다. 그는 멈춰 서서 둘러보았다. 모두가 그의 선한 의도를 인식한 듯했다. 단지 잠시 동안의 공포만 있었다. 이제 모두가 침묵하면서 슬프게 그를 쳐다보았다. 눈은 피곤함으로 거의 감긴 채 어머니는 다리를 뻗어 포개고 의자에 누워 있었다. 아버지와 여동생은 나란히 앉았으며 여동생은 손을 아버지의 목에 감쌌다.

'이제 내가 돌아도 될까요?'라고 생각하며 그레고르는 작업을 다시 시작했다. 그는 힘들어서 나오는 가쁜 숨을 참을 수 없었고 여기저기서 쉬어야만 했다. 어느 누구도 그를 재촉하지 않았으며 모든 것을 그 스스로에게 맡겼다. 돌아서자마자 그는 바로 되돌아가기 시작했다. 그는 자신의 방이 너무 멀리 떨어져 있는 것에 놀라며, 몸도 약한 자신이 조금 전에 어떻게 거리가 먼 것도 모른 채 여기까지 기어 왔는지 이해가 되지 않았다. 줄곧 빨리 기어가는 것에만 집중하느라 가족이 어떤 말을 하는지, 뭐라고 소리치는지 알지 못했다. 문에 도착해서야 비로소 목이 뻣뻣해짐을 느꼈기 때문에 그는 고개를 조금 돌렸다. 여동생이 일어나 있는 것을 빼면 그의 뒤에서는 어떠한 변화도 없었다. 그의 마지막 눈길은 이제 잠에 빠져든 어머니를 스쳐갔다.

그가 방 안으로 들어서자마자 문이 힘껏 닫혔고 잠겼다. 그는 감금되었다. 뒤에서 나는 갑작스러운 소리에 너무나도 놀라서 다리가 오그라들었다. 그렇게 서둘러 닫은 사람은 여동생이었다. 그녀는 거기 똑바로 서서 기다리다가 가벼운 걸음으로 앞으로 뛰었으며, 그래서 그레고르는 그녀가 오는 소리를 듣지 못했다. "드디어!" 그녀가 자물쇠에 열쇠를 돌리면서 부모님에게 외쳤다.

"그럼 이제는?" 그레고르는 스스로에게 묻고 어둠 속을 둘러

보았다. 그는 곧 자신이 이제 더 이상 전혀 움직일 수 없다는 것을 알았다. 그는 지금까지 가느다란 다리로 계속 움직일 수 있었다는 것이 기적적인 일이었다고 생각했다. 게다가 그는 상당히 편안함을 느꼈다. 물론 몸 전체가 고통스러웠지만 이러한 고통들이 점차 더 약해지면서 결국에는 완전히 사라져버릴 것 같았다. 그의 등에 박힌 썩은 사과와 아주 부드러운 먼지로 뒤덮인 염증 부위들의 통증을 이미 거의 느끼지 못했다. 그는 동정과 사랑으로 가족에 대해 되짚어 생각해보았다. 자신이 사라져야만 한다는 생각이 아마도 여동생보다 좀 더 확고했을 것이다. 이러한 상태에서 그는 시계탑의 시계가 새벽 3시를 칠 때까지 공허하고 평화로운 생각에 잠겨 있었다. 창문 앞에서 평상시처럼 밝아지는 바깥의 광경을 보았다. 그다음 머리가 자신의 의지와 상관없이 완전히 아래로 떨어지고 콧구멍에서 마지막 숨이 약하게 새어 나왔다.

이른 아침에 가정부가 왔을 때 - 모든 문들을 세게 닫는 것을 피해달라고 이미 몇 번 부탁했지만, 그녀는 언제나 조용히 잠을 자는 것이 더 이상 불가능하도록 온 힘을 다해 문을 닫았다 - 여느 때처럼 그녀가 그레고르를 잠깐 들여다보았을 때 처음에는 특별한 것을 발견하지 못했다. 그녀는 그가 의도적으로 움직이지 않고 거기에 누워서 마음이 상한 듯 행동한다고 생각했다. 그녀는 그에게 생각할 수 있는 이성이 있다고 믿었다. 그녀가 우연히 긴 빗자루를 손에 쥐고 있었기 때문에, 문 앞에 서서 빗자루를 뻗어 그레고르를 간지럽히기 시작했다. 그래도 아무런 반응이 없자 그녀는 화가 났고 힘을 주어 그를 약간 안으로 밀어 넣었다. 그가 전혀 저항하지 않고 그의 자리에서 밀려 나가자 비로소 그녀는 주의를 기울였다. 그리고 곧 현실을 파악하고는 눈을 크게 뜨고 입을 삐죽이며 휘파람을 불었다. 잠시 후 가정부는 침실의 문을 열어젖힌 채 어둠 속으로 크게 외쳤다. "이것 좀 보세요! 그가 뒈졌어요. 저기에 완전히 뒈져 누워 있어요!"

잠자 부부는 깜짝 놀라서 부부 침대에 똑바로 앉아 놀란 마음을 가다듬어야만 했다. 하지만 곧이어 잠자 부부는 각자 자기 방향에서 침대를 내려갔다. 잠자 씨는 이불을 어깨 위로 걸쳤고 잠자 부인은 잠옷 바람으로 서둘러 그레고르의 방 안으로 들어갔다. 그사이에 거실 문이 열렸다. 그레테는 신사들이 입주한 이후로 그곳에서 잠을 잤다. 그녀는 전혀 잠을 자지 않은 것처럼 제대로 옷을 입고 있었고 창백한 얼굴은 그것을 증명이라도 하는 듯했다. "죽었어?" 잠자 부인은 질문하듯이 가정부를 올려다보며 물었다. 그녀가 모든 것을 직접 확인해도 되고, 심지어 확인하지 않고서도 알 수 있었는데도 말이다. "저는 그렇게 생각되네요"라고 가정부가 말하고 증명이라도 하듯 빗자루로 그레고르의 사체를 옆으로 멀리 밀었다. 잠자 부인은 빗자루를 제지하려는 것처럼 움직였지만 그러지 않았다. "이제 하나님에게 감사할 수 있겠군." 잠자 씨는 이렇게 말하고 성호를 그었으며 세 여자들도 그를 따라 했다. 사체에서 눈을 돌리지 않던 그레테가 말했다. "그가 얼마나 말랐는지 보세요. 그는 이미 오랫동안 아무것도 먹지 않았어요. 방으로 들어간 음식이 그대로 다시 나왔거든요." 모두 그레고르의 몸이 완전히 납작해지고 바짝 마른 상태였다는 것을 그제야 알게 되었다. 왜냐하면 그가 더 이상 다리를 들어 올리지 않았으며 그들이 시선을 딴 쪽으로 돌리지 않았기 때문이다.

"그레테, 잠시 우리 방으로 오너라." 잠자 부인이 애처로운 미소를 지으며 말하자 그레테는 사체를 돌아보지 않고 부모님을 따라 침실로 갔다. 가정부는 문을 닫고 창문을 완전히 열었다. 이른 아침인데도 차가운 바람에는 포근한 기운이 섞여 있었다. 이미 3월 말이었다.

세 명의 신사들은 방에서 나와 의아하다는 듯이 아침 식사를 찾았다. 그들은 신사들을 잊어버린 것이다. "아침 식사는 어디에 있소?" 중간에 있는 신사가 기분이 언짢다는 듯이 가정부에게 물었다. 하지만 그녀는 손가락을 입에 대고 서두르면서 말없이 신사들에게 그레고르의 방으로 오라는 듯 눈짓했다. 그들도 그레고르의 방으로 들어가고 싶어 했다. 방 안에 들어온 그들은 조금은 낡은 윗옷의 주머니에 손을 넣은 채 이제는 아주 밝아진 방 안에 놓인 그레고르의 사체 둘레에 섰다.

그때 침실 문이 열리며 한 팔에는 아내, 다른 팔에는 딸에게 기댄 채 제복을 입은 잠자 씨가 나타났다. 모두 울어서 얼굴이 조금 빨갰다. 그레테는 이따금 얼굴을 아버지의 팔에 기댔다.

"즉시 내 집에서 나가시오!" 여자들이 자기에게서 떨어지지 않게 하면서 문을 가리키며 잠자 씨가 말했다. "무슨 말씀이신가요?" 중간의 신사가 약간은 놀란 듯이, 하지만 천진난만하게 미소를 지으며 말했다. 다른 두 신사들은 그의 등 뒤에서 손을 끊임없이 마주 비볐으며 자신들에게 유리해질 큰 싸움을 즐겁게 기대하는 듯했다. "내가 말한 그대로요." 잠자 씨는 대답하고 두 여자와 함께 일렬로 서서 신사에게 다가갔다. 그 신사는 순간 조용히, 마치 어떠한 새로운 정보를 정리하는 것처럼 서 있더니 "그렇다면 가겠소"라고 말했다. 갑작스럽게 느낀 굴욕 때문에, 심지어 이러한 결정을 하게 된 것에 대해 그는 새로운 동의를 구하는 것처럼 잠자 씨를 올려다보았다. 잠자 씨는 단지 큰 눈을 여러 번 깜박이며 잠시 그에게 끄덕였을 뿐이었다.

신사는 즉시 큰 걸음으로 현관 복도로 갔다. 얼마 동안 가만히 서 있던 두 친구들은 잠자 씨가 자기들보다 앞서 현관 복도로 가서 먼저 나간 친구를 따라가는 것을 막을지도 모른다고 생각한 듯 그 친구를 따라 뛰어갔다. 현관 복도에서 셋 모두 옷걸이에 있는 모자를 집어 들고 지팡이꽂이에서 지팡이를 꺼내어, 아무 말 없이 고개를 숙여 인사하고 집을 떠났다. 이유도 없는 불신으로 잠자 씨는 두 여자와 함께 현관 앞으로 나가서, 난간에 기대어 세 명의 신사들이 느리지만 꾸준히 긴 계단을 내려가는 모습을 보았으며, 계단 집의 일정한 커브 지점에서 각 층마다 사라졌다가 잠시 후에 다시 나타나는 것을 보았다. 그들이 더 아래쪽으로 갈수록 잠자 씨 가족은 그들에게 무관심해졌다. 그리고 정육점 직원이 머리 위에 고기를 올려놓고 거만한 자세로 올라오면서 그들을 마주 지나쳤을 때, 잠자 씨는 여자들과 함께 바로 난간에서 벗어나 이제 한시름 놓았다는 듯이 집 안으로 돌아갔다.

그들은 오늘 오후는 직장에 나가지 않고 산책을 하면서 보내기로 결정했다. 그들은 무조건 쉬어야 했고 쉴 만했다. 그들은 식탁 앞에 앉아서 각자 사과 편지를 썼다. 잠자 씨는 감독에게, 잠자 부인은 주문자에게, 그레테는 가게 주인에게 썼다. 그러는 동안 가정부는 아침에 할 일이 끝나서 가겠다고 말하려고 들어왔다. 글을 쓰고 있던 세 사람은 고개를 들어 쳐다보지도 않고 끄덕이기만 했다. 가정부가 여전히 가지 않자 잠자 씨는 비로소 화가 난 듯이 올려다보며 물었다. "또 뭔가?" 가정부는 가족에게 행운을 전하기라도 할 것처럼 미소를 지으면서 문에 서 있었지만, 자세히 물을 때에만 말할 기세였다. 그녀가 일하는 동안 내내 신경이 쓰였던, 거의 수직으로 솟아 있는 모자의 타조 깃이 가볍게 사방으로 흔들거렸다. "도대체 뭘 원하죠?" 잠자 부인이 물었다. 부인 앞에서는 가정부도 극도로 정중했다. "아……" 가정부는 대답했다. 그러나 너무 기쁜 나머지 웃음이 나와서 바로 계속 말할 수 없었다. "옆방에 있는 것을 어떻게 치울지 아무런 걱정 하지 마세요. 이미 처리했어요." 잠자 부인과 그레테는 계속 편지를 쓰려는 듯 머리를 숙였다. 가정부가 모든 것을 상세하게 묘사하려고 한다는 것을 알아챈 잠자 씨가 단호히 손을 뻗어 못하도록 했다. 이런 행동 때문에, 그녀는 모욕감을 느낀 듯 불쑥 소리쳤다. "안녕히 계세요." 그녀는 거칠게 몸을 돌려 매우 불쾌하다는 듯이 문을 닫고 집을 떠났다.

"저녁에 해고해야겠어"라고 잠자 씨가 말했지만 부인이나 딸에게서는 아무런 대꾸도 없었다. 왜냐하면 가까스로 얻은 평온을 가정부가 다시 방해한 듯했기 때문이다. 그녀들은 일어나서 창가로 걸어가 서로 안고 그곳에 머물렀다. 잠자 씨는 의자에서 몸을 돌려 그들을 잠시 조용히 관찰했다. 그리고 그들을 불렀다. "자 이제 이리로 와. 이제 정말로 옛것들을 내려놓으라고. 조금이라도 나를 배려해줘." 여자들이 그의 말을 따라 바로 그에게로 가서 그를 어루만지고 쓰던 편지를 서둘러 마쳤다.

그다음 그렇게 셋은 모두 함께 집을 나섰다. 이제야 비로소 그들은 시내로 전차를 타고 갔다. 이러한 외출은 세 달 동안 엄두도 내지 못했던 것이다. 그들만 앉아 있는 차 안으로 따뜻한 햇살이 비쳤다. 그들은 의자에 앉아 편안하게 뒤로 기대어 미래에 대한 전망을 얘기했다. 각자 좀 더 자세히 생각해봤을 때, 그들의 앞날은 결코 나쁘지 않았다. 왜냐하면 셋 다 모두 직장이 있었기 때문이다. 그들은 서로 본질적으로 그 직장이 괜찮은지, 특히 앞으로 유망한 직업이 될지 이야기를 아직 하지 않았다. 현재 상황을 호전시킬 수 있는 가장 근본적인 방법은 당연히 집을 바꾸는 것이었다. 이제 그들은 그레고르가 구한 지금의 집보다 더 작고 싸지만, 좀 더 형편에 맞고 실용적인 집을 구할 생각이었다. 그들이 대화를 하는 동안 잠자 씨와 잠자 부인은 점점 생기가 도는 딸을 보면서, 지난 시간 동안 커다란 근심이 그녀를 창백하게 만들었지만, 그녀가 아주 예쁘고 화사한 여성으로 자랐다는 생각이 들었다. 계속 침묵하면서 거의 무의식적으로 바라만 봐도 알겠다는 듯이, 그들은 이제 이 아이를 위해 착실한 남자를 찾을 때가 되었다고 생각했다. 그들의 목적지에 도착했을 때 딸이 제일 먼저 일어나서 젊은 몸을 뻗어 기지개를 켰다. 그것은 그들에게 새로운 꿈이자 멋진 계획에 대한 확인과도 같았다.

판결

– 프란츠 카프카의 이야기

펠리체 B. 양을 위해서

봄이 절정인 어느 일요일 오전이었다. 게오르크 벤데만이라는 이름의 젊은 상인은, 거의 높이와 색채로만 구별할 수 있고 강을 따라 길게 늘어서 있는, 낮고 단순하게 만들어진 집들 중 한 곳의 2층에 있는 그의 방 안에 앉아 있었다. 그는 외국에 있는 어릴 적 친구에게 편지 쓰는 것을 막 끝낸 뒤 장난치듯 천천히 그것을 봉하고 나서 책상에 팔꿈치를 대고 창문 밖의 강, 다리 그리고 강 건너편의 연한 녹색을 띤 언덕을 바라보았다.

집에서의 삶에 만족하지 못한 그의 친구가, 몇 해 전에 러시아로 어떻게 피신했는지에 관해 자세히 생각했다. 지금 그는 러시아 페테르부르크에서 사업을 하고 있는데, 이 친구가 가끔 방문할 때마다 한탄한 것처럼, 처음에는 그것도 잘되었지만 이제는 천천히 침체되고 있는 듯했다. 그렇게 그는 낯선 곳에서 소득 없이 일하며 지쳐 있었고, 낯설게 여겨지는 덥수룩한 수염은 얼굴을 흉하게 덮었으며, 누런 살갗은 그가 병에 걸렸음을 암시하는 듯했다. 그는 그곳에 체류하는 고향 이민자들과도 제대로 연락을 하지 않고 지내지만, 또한 그 지방 토박이 가족들과도 거의 교류가 없었고, 나름대로 독신의 삶을 영위하고 있다고 했다.

그와 같이 명백하게 자신을 모두 소진한 사람에게 무슨 글을 써야 한단 말인가. 그를 동정하지만 도와줄 수는 없었다. 그에게 다시 생활 터전을 여기로 옮기고, 옛날의 모든 친밀한 관계를 다시 쌓으라고 충고해야 할까? – 물론 거기에는 어떠한 장애도 없었다 – 그리고 나머지는 친구들의 도움에 기대라고? 하지만 그것은 보살필수록 더 병들게 만든다는 사실을 그에게 말하는 것과 다름없으며, 지금까지의 그의 노력이 실패했고 이제 그러한 시도를 그만둬야만 한다는 것을, 돌아와서 영원히 머무를 사람이 되어 모두가 눈을 크게 뜨고 의아해하는 상황을 견뎌야 한다는 사실을, 단지 그의 친구들만이 그 입장을 이해할 것이니 고향에 머물러 있으면서 그저 성공한 친구들을 따라야 한다는 것을 의미했다. 그렇다면 그를 괴롭게 하는 이러한 모든 근심이 좋은 결과를 낼 수 있다는 것이 확실한가? 어쩌면 그를 한 번이라도 집으로 데리고 오는 것도 힘들 것이고 – 그도 고향에서의 관계를 더 이상 참아낼 수 없을 것이라고 직접 말하지 않았던가 – 이러한 모든 여건을 감안하더라도 그는 낯선 곳에서 머물 것이며, 아무리 조언을 해줘도 오히려 불쾌해하고, 친구들에게서 점점 더 소외될 것이다. 하지만 그가 실제로 조언을 따라 여기에 눌러앉는다면 – 당연히 의도적이라기보다는 필연적으로 – 친구들 모임에서 그를 찾아볼 수는 없을 것이고, 그래도 그들 없이는 제대로 자리를 잡지 못할 것이며, 수치심에 고통받을 것이 분명한 데다 그때 가서는 고향도 친구도 없어질 테니 차라리 그대로 낯선 곳에서 머무는 것이 그에게 훨씬 더 낫지 않을까? 그런 상황에서 그가 실제로 나아진 생활을 할 수 있을까?

이러한 이유들로 그와 편지를 자주 주고받고 싶었지만, 사실 먼 지인에게 넉살 좋게 이야기할 수 있는 소식이라도 그에게 있는 그대로 전할 수는 없을 것이다.

친구는 3년 넘게 고향에 오지 않았고 그는 러시아의 정치적 상황이 불안해서 어쩔 수 없다고 변명했는데, 그의 말에 따르면 소규모 상인이 아주 짧게 출국하는 것도 허락하지 않는다고 한다. 하지만 수십만의 러시아인들은 세상 이곳저곳을 돌아다녔다.

이러한 3년 동안 게오르크에게도 많은 변화가 있었다. 약 2년 전 어머니가 돌아가셨고, 그 이후로 게오르크가 늙은 아버지와 함께 살게 되었다는 것을 그 친구도 전해 들었는지 편지에서 무미건조하게 조의를 표했다. 아마도 낯선 곳에 있는 데다 그와 같은 슬픔은 겪어보지 않았기 때문일 것이다. 그런데 게오르크는 그때부터, 다른 모든 사람들과 마찬가지로, 자신의 사업에 과감하게 달려들었다. 아버지는 어머니가 살아 계셨을 때에는 독단적인 사업가였기 때문에 분명히 게오르크가 독자적으로 활동하는 것을 방해했을 것이다. 그러나 아버지는 어머니의 죽음 이후로 좀 더 소극적이 되었고 어쩌면 – 단지 그럴 가능성이 있지만 – 행운이 한몫했을 것이다. 어쨌든 사업은 2년 사이에 놀랍게 발전해서 직원을 두 배로 고용했고, 매상은 다섯 배가 되었다. 게다가 꽤 전망이 좋아서 앞으로도 계속 발전할 것 같았다.

하지만 친구는 이러한 변화를 전혀 예상하지 못했다. 예전에 마지막으로 보낸, 조의를 표하는 편지에서 그는 게오르크에게 러시아로 이민 오라고 설득했고 페테르부르크에 게오르크가 사업 분점을 냈을 때의 전망들을 길게 늘어놓았다. 그것은 지금 게오르크의 사업 규모에 비하면 보잘것없었다. 하지만 게오르크는 친구에게 자신의 사업적 성공에 관해 쓰고 싶지 않았다. 만일 편지에 그 말을 덧붙인다면 정말 이상한 꼴이 될 것 같았다.

그래서 게오르크는 한가한 일요일에 생각해보면 기억 속에서 무질서하게 쌓여 있는 것 같은, 별 의미가 없는 일에 관해서만 썼다. 그는 친구가 자리를 비운 고향에 대한 상상을 방해하지 않고, 그러한 상상으로 느끼는 만족감을 해치고 싶지 않았다. 게오르크는 자신과 별로 상관없는 사람이 그만큼 별로 상관없는 여자와 약혼했다는 사실을 상당한 기간 동안 세 번이나 편지에 썼다. 그런데 게오르크의 의도와는 달리 이러한 별난 소식에 그 친구가 관심을 나타냈다.

그렇게 게오르크가 그에게 자주 전하는 소식은 자신이 한 달 전에 유복한 가정에서 자란 프리다 브란덴펠트 양과 약혼했다는 중요한 소식이 아니라 이와 같은 것들이었다. 종종 그는 친구와 편지를 교환한다고 약혼녀에게 얘기했다.

"그는 우리의 결혼식에 오지 않겠군요."

그녀가 말했다.

"난 당신의 모든 친구들을 알 권리가 있어요."

"그를 방해하고 싶지 않아요."

게오르크는 대답했다.

"날 이해해줘요. 아마 알게 되면 그는 올 거예요. 적어도 난 그렇게 믿고 싶어요. 하지만 그는 어쩔 수 없어서 오거나, 오더라도 섭섭함을 느낄 거예요. 어쩌면 나를 부러워하며 분명 스스로에게 만족하지 못하고, 이러한 불만족과 무력감을 느끼면서 혼자 러시아로 돌아갈 거예요. 혼자서. 그게 어떤 기분인지 알겠어요?"

"그렇다면 우리가 결혼하는 걸 그가 다른 방식으로 알 수는 없을까요?"

"물론 나도 그렇게 되는 것을 막을 수는 없어요. 하지만 그의 생활 방식을 보면 있을 수 없는 일이에요."

"당신에게 그런 친구들이 있다면, 절대 약혼을 하지 말았어야 했어요."

"맞는 말이오. 그것이 우리 둘 다의 잘못이지요. 하지만 나는 지금은 어떠한 것도 달라지기를 원하지 않아요."

그리고 그녀가 갑작스러운 그의 키스로 급하게 숨을 몰아쉬며, "이 일 때문에 기분이 상했단 말이에요"라고 할라치면, 그는 실제로 친구에게 모든 것을 털어놓는 것은 문제없다고 그녀를 설득했다. "나의 상황이 이러니 그도 나를 이렇게 받아들여야만 해요. 그와의 우정을 지키기 위해서, 나에게 더할 나위 없이 적합한 사람을 내게서 떼어낼 수는 없잖아요."

그래서 그는 실제로 친구에게 이번 일요일 오전에 쓴 긴 편지에서, 다음과 같은 말로 성공적인 약혼을 알렸다. "최고의 새로운 소식을 마지막까지 아껴뒀다네. 자네가 떠나고 한참 후에, 자네 또한 알지 못하는, 이곳으로 이사 온 유복한 가정의 여성 프리다 브란덴펠트 양과 나는 약혼을 했다네. 자네에게 나의 신부에 관해 좀 더 자세히 알려줄 기회가 있을 거야. 요즈음 나는 정말 행복하고, 자네는 보통 때의 친구가 아닌, 아주 행복해하는 친구를 갖게 되었다네. 조만간 나의 약혼녀가 자네에게 진심으로 안부를 묻고, 다음에는 직접 자네에게 편지를 쓸 걸세. 총각에게 솔직한 여자 친구가 생기는 것도 그렇게 무의미하지는 않을 거야. 자네가 우리를 방문하는 것을 여러 측면에서 꺼린다는 것을 알지만, 나의 결혼식이 모든 문제들을 한꺼번에 던져버릴 좋은 기회가 되지 않겠나? 하지만 이것 또한 어떻든 간에, 어떠한 배려도 하지 말고 단지 자네의 호의와 마음에 따라서 행동하게나."

게오르크는 책상 옆에 앉아서 창문을 바라보며, 이 편지를 오랫동안 손에 쥐고 있었다. 골목길에서 지나가던 한 지인이 인사를 했을 때, 그는 아무 생각 없이 웃었을 뿐 별 대답도 하지 못했다.

마침내 그는 편지를 주머니에 꽂고 방을 나가, 작은 복도를 가로질러 몇 달째 가보지 않은 아버지의 방으로 갔다. 평상시에는 그곳에 갈 필요가 없었다. 왜냐하면 그는 아버지와 항상 가게에 있었고 식당에서 같이 점심 식사를 했기 때문이다. 게오르크가 친구들과 함께 있거나 지금처럼 약혼녀를 만나러 가지 않을 때에는, 그들은 대개 거실에서 각자 신문을 읽으며 앉아 있었다.

게오르크는 이렇게 햇빛이 밝은 오전에도 아버지의 방이 왜이리 어두운지 의아했다. 좁은 마당 저편에 우뚝 솟아 있는 높은 벽이 그늘을 드리웠다. 아버지는 돌아가신 어머니를 추억하는 여러 가지 기념물로 장식한 창가 구석에 앉아, 신문을 비스듬히 잡고는 천천히 읽고 있었다. 그렇게 함으로써 약해진 시력을 어떻게든 조정하려고 했다. 탁자 위에는 별로 먹지도 않은 아침 식사가 남아 있었다.

"아, 게오르크!"

아버지는 바로 그를 맞았다. 그의 무거운 잠옷은 걸을 때마다 펄럭거렸다.

"아버지는 여전히 거인이야."

그는 혼자 중얼거렸다.

"여긴 심하게 어둡네요."

그가 이어서 말했다.

"그렇지. 어둡지."

아버지가 대답했다.

"창문도 닫으셨어요?"

"난 그렇게 하는 게 더 좋단다."

"밖은 정말 따뜻해요."

게오르크는 앞에 한 말의 메아리처럼 말하며 앉았다. 아버지는 아침 식사 그릇을 치워 궤짝 위에 올려두었다.

"아버지에게 하고 싶은 말이 있어요."

게오르크는 늙은 아버지의 움직임을 바라보며 계속 말을 이었다.

"제가 페테르부르크로 약혼을 알리게 되었어요."

그는 편지를 주머니에서 조금 꺼내다가 다시 집어넣었다.

"페테르부르크로 왜?"

아버지는 물으셨다.

"제 친구에게요."

게오르크는 말하며 아버지의 눈을 살폈다. '가게에서 아버지는 아주 다르시지'라고 그는 생각했다. '여기에 퍼져 앉아 있고 가슴 위에 손을 얹고 있는 것과는 달라.'

"그래, 네 친구에게."

아버지는 강조하면서 말했다.

"아버지도 아시잖아요. 제가 처음에는 그에게 저의 약혼을 알리지 않으려 했다는 것을요. 배려 차원에서 그러고 싶었는데, 그 외에 다른 이유는 없어요. 그가 힘들다는 것을 아버지도 잘 아시잖아요. 그가 저의 약혼을 다른 방식으로 알게 될 수도 있을 거예요. 고독한 생활 방식을 고수하는 그에게는 그런 일이 거의 있을 수 없겠지만요. 제가 그걸 막을 수는 없어요. 하지만 제가 직접 말하는 것은 좀 아니라고 생각했어요."

"그럼 지금은 생각이 바뀌었다는 말이냐?"

아버지는 큰 신문을 창문턱에 놓고, 손으로 가리고 있던 안경을 신문 위에 놓으며 게오르크에게 물었다.

"예, 지금 다시 생각해봤어요. 그가 저의 좋은 친구라면, 그렇다면 저의 행복한 약혼 또한 그에게는 행복일 거라고 저 자신에게 말했어요. 그리고 그렇기 때문에 그에게 알리는 것을 더 이상 주저하지 않기로요. 하지만 편지를 부치기 전에, 아버지에게 말하고 싶었어요."

"게오르크"

아버지가 그의 이름을 부르시며 치아가 없는 입을 희미하게 끌어올렸다.

"들어보거라! 넌 이 일로 나에게 조언을 구하기 위해서 왔지. 확실히 그건 잘한 거야. 하지만 그건 아무것도 아니란다. 그리고 네가 나에게 지금 진실을 말하지 않는다면, 그건 아무것도 아닌 것보다 더 화날 만한 일이란다. 난 이 일과 관계없는 것들을 들추어내고 싶지 않구나. 사랑하는 너의 엄마가 죽은 이후로 확실히 좋지 않은 일들이 있었다. 그런 일들은 또 올 것이며, 어쩌면 우리가 생각하는 것보다 더 빨리 올 수도 있단다. 사업에서는 난 많은 것들을 알아채지 못하고 있는데, 아마도 네가 나에게 숨긴 건 없을 거야. – 나에게 뭔가를 숨긴다는 가정은 하고 싶지 않다 – 난 더 이상 기력이 없어. 점차 기억력도 희미해지고 있다. 모든 수많은 것들을 더 이상 통찰할 수가 없단다. 그 이유는 첫째로 이건 자연스러운 진행 과정이며, 둘째로 네 어머니의 죽음이라는 커다란 충격으로 내 뇌가 망가졌기 때문이지. 게오르크 너에게 부탁하는데, 날 속이려고 하지 마라.

이건 작은 일이란다. 이건 숨 쉴 가치도 없는 거란다. 그러니 날 속이지 말거라. 너 진짜로 페테르부르크에 친구가 있는 거냐?"

게오르크는 당황하여 일어났다.

"우린 그냥 친구예요. 수천 명의 친구들도 저에게서 아버지를 대신하지 못해요. 제가 뭘 생각하고 있는지 아시나요? 아버지는 건강을 챙기지 않으시잖아요. 하지만 나이가 들면 건강에 신경 쓰셔야만 해요. 아버지는 제가 사업하는 데 없어서는 안 되는 분이라는 것을 누구보다도 잘 알고 계시잖아요. 하지만 사업이 아버지의 건강을 위협한다면 제가 내일부터라도 영원히 회사 일을 못 하시도록 막을 거예요. 그럴 수밖에 없어요. 그러니 아버지가 또 다른 생활 습관에 익숙해지시도록 해야겠어요. 근본적으로요. 아버지는 여기 어둠 속에 앉아 계시는데 거실에 계신다면 햇빛을 받으실 수 있잖아요. 제대로 힘을 쓰시려고 하지 않으시고, 아침도 조금만 드시잖아요. 창문을 닫고 앉아 계시기까지 하잖아요. 신선한 공기가 아버지에게 아주 좋을 거예요. 계속 이러시면 안 돼요, 아버지! 제가 의사를 데려올 테니 그의 처방을 따르도록 하세요. 모든 것이 바뀔 거예요. 하지만 그러한 모든 것도 때가 있어요. 이제 침대로 가서 누우시고 무조건 휴식을 취하세요. 이리로 오세요. 제가 옷 벗는 것을 도와드릴게요. 제가 그런 거 잘한다는 사실을 알게 되실 거예요. 그러지 않으면 바로 앞방으로 가서 우선 제 침대에 누워 계실래요? 제 생각에는 그것도 아주 좋을 것 같은데요."

게오르크는 아버지 옆에 바싹 붙어 서 있었고 아버지는 덥수룩한 백발의 머리를 가슴까지 숙이고 있었다.

"게오르크."

아버지는 움직이지 않고 나지막하게 말했다.

게오르크는 즉시 아버지 옆에 무릎을 꿇었으며, 아버지의 피곤한 얼굴에서 흔들리는 눈동자가 자신을 응시하는 것을 보았다.

"너에겐 페테르부르크에 친구가 없단다. 넌 언제나 농담을 잘했으며 내 앞에서도 종종 농담을 했지. 네가 도대체 어떻게 그곳에 친구가 있을 수 있단 말이냐! 난 도저히 믿기지가 않는구나."

"아버지, 한번 생각해보세요."

게오르크는 말하며 아버지를 의자에서 들어 올리고 아주 힘없이 옆에 서 있는 그의 잠옷을 벗겼다.

"3년 전이었을 거예요. 그때 제 친구가 우리 집을 방문했잖아요. 제가 기억하기로는 아버지는 그를 특별히 반기지는 않으셨어요. 적어도 두 번인가 그가 제 방에 앉아 있었는데도 아버지 앞에서 그를 숨겼어요. 그에 대한 아버지의 거부감은 물론 이해했어요. 제 친구가 특이하잖아요. 하지만 그 이후에 아버지는 그와 대화를 이어가셨잖아요. 당시에 저는 아버지가 그의 얘기를 경청하고 고개를 끄덕이고 질문하시는 걸 보고, 너무나도 기뻤어요. 아버지도 생각해보면 기억나실 거예요. 그때 그가 러시아혁명에 관한 믿기지 않는 이야기들을 들려줬잖아요. 예를 들어 그가 키예프 출장길에 폭동이 일어났는데 거기서 펑펑한 손에 피의 십자가를 크게 긋고 그 손을 들어 군중을 향해 외치는 성자를 보았다는 것과 같은 얘기요. 아버지도 직접 그 이야기를 여기저기에 다시 하셨잖아요."

그러는 동안에 게오르크는 아버지를 다시 앉히고 양말뿐만 아니라 리넨 속옷 위에 입은 트리코 바지를 조심스럽게 벗겼다. 그리 깨끗해 보이지 않는 세탁물을 보면서 아버지에게 소홀했던 일을 자책했다. 분명 아버지가 새 옷을 갈아입도록 챙기는 것도 그의 의무였다. 게오르크는 약혼녀와 둘이서 아버지의 미래를 어떻게 설계할지 아직 상세히 얘기하지 않았다. 왜냐하면 그들은 아버지가 옛날 집에 혼자 머물게 되시리라는 것을 암묵적으로 전제했기 때문이다. 하지만 지금 게오르크는 단호하게 결심했다. 새로이 꾸려갈 미래의 가정에 아버지를 모시고 가기로. 좀 더 생각해보면 앞으로 아버지를 돌보는 것이, 너무 늦은 일일 수도 있을 것 같았다.

그는 아버지를 부축하여 침대로 모셔 갔다. 침대로 몇 걸음 다가가는 동안 아버지가 그의 가슴께에 걸린 시계 목걸이를 만지작거리는 것을 알아챘을 때 뭔가 섬뜩한 느낌이 들었다. 그가 아버지를 바로 침대에 눕힐 수 없을 정도로 아버지는 시계 목걸이를 꽉 잡고 있었다.

하지만 침대에 도착하자 다 좋아진 것처럼 보였다. 아버지는 직접 이불을 덮었으며 특히 어깨 위로 넓게 이불을 끌어당겼다. 그는 게오르크를 올려다보았다.

"그렇죠, 아버지도 그를 기억하시죠?"

게오르크가 물었으며 기운을 내라는 듯 그에게 고개를 끄덕였다.

"이불이 잘 덮였니?"

아버지는 발이 제대로 덮여 있는지 볼 수 없는 것처럼 물었다.

"침대에 누워 있는 게 마음에 드시죠?"

게오르크가 말하고 이불로 아버지를 좀 더 감쌌다.

"잘 덮였니?"

아버지는 재차 그에게 물었고 특별히 무슨 말을 들을지 주의를 기울이는 듯했다.

"진정하세요. 잘 덮였어요."

"아니야!"

아버지는 소리치면서 즉시 이불을 힘껏 제쳤고 순간 이불이 공중에 완전히 펼쳐졌다. 그는 침대에 똑바로 서서 한 손을 높이 들어 천장에 붙이고 몸을 지탱했다.

"네가 나에게 이불을 덮어주려고 했다는 것은 알아. 하지만 아직 완벽하게 덮이지 않았어. 그리고 이게 너의 마지막 기력이지. 너에게는 충분하고, 혹은 너무 과한 거지. 네 친구를 잘 알고 있어. 그는 내 마음속에는 아들과 같아. 그러한 이유로 넌 그를 내내 속였잖아. 왜 그렇지 않겠어? 내가 그 아이 때문에 울지 않았다고 생각하니? 하지만 그것 때문에, 넌 사장이 바쁘니 어느 누구도 방해해서는 안 된다고 하면서, 사무실의 문을 닫았잖아. 단지 러시아로 보내는 몹쓸 편지를 쓰기 위해서 말이야. 하지만 다행히도 아들의 마음을 들여다보는 데는, 아버지의 눈과 마음이 제일이지. 네가 그를 굴복시켜서 네 엉덩이로 그를 깔고 앉았고, 그는 꼼짝도 못하고 있는데 나의 아드님께서는 결혼을 결심하셨지!"

게오르크는 소름 끼치는 아버지의 모습을 올려다보았다. 아버지의 입에 오른 페테르부르크의 그 친구가 이제까지와는 다른 모습으로 그를 사로잡았다. 먼 러시아에서 길을 잃어버린 듯한 친구가 보였다. 약탈당해 아무것도 없는 가게의 문에서 친구가 책장의 파편들, 조각난 물건들, 떨어진 가스등받이 사이에 서 있는 모습이 보이는 듯했다. 왜 그는 그렇게 멀리 떠나야만 했는가!

"날 쳐다봐!"

아버지는 외쳤고 게오르크는 멍한 상태로 침대로 걸어가다 중간에 멈췄다.

"그년이 치마를 올렸기 때문이야."

아버지는 피리 같은 소리를 내기 시작했다.

"그년이 치마를 그렇게 올렸기 때문이야, 역겨운 년."

그의 아버지는 자신이 뱉은 말을 묘사하기 위해서 옷을 걷어 올렸고, 전쟁 때 생긴 허벅지의 상처가 훤히 보였다.

"그년이 치마를 이렇게, 이렇게, 이렇게 추켜올렸기 때문에, 네가 그녀에게 접근했잖아. 그리고 넌 아무런 방해 없이 그녀에게 다가가 너 자신을 만족시키기 위해서 네 엄마의 추억을 더럽혔으며, 친구를 배반하고, 내가 움직이지 못하도록 날 침대로 처박았잖아. 하지만 내가 움직일 수 있었겠니, 없었겠니?"

그러면서 그는 어디에도 기대지 않고 완전히 일어섰다. 그의 얼굴에 갑자기 생기가 돌았다.

게오르크는 가능한 한 아버지한테서 멀리 떨어진 구석에 서 있었다. 오래전에 그는 모든 것을 정확히 관찰하겠다고 굳게 결심했다. 어떻게든 우회하는 길에서, 뒤에서, 위에서, 기습당하지 않기 위해서였다. 지금 그는 다시 예전에 잊어버린 결심을 상기했다가 잊어버렸다. 짧은 실을 바늘귀에 꿰는 것처럼.

"하지만 네 친구는 버림받지 않았어!"

아버지는 외쳤고 검지를 이리저리 움직이며 강조했다.

"내가 이곳에서 그의 대변인이었지."

"코미디를 하시는군요!"

게오르크는 참지 못하고 소리를 지르다 혀를 깨무는 바람에 상처가 났다는 것을 뒤늦게 깨닫고는 너무 아파서 몸을 숙였다.

"그래, 분명 내가 코미디를 하고 있지! 코미디! 그거 좋은 말이네! 늙은 홀아비에게 다른 어떤 위안이 남아 있겠나? 말해봐라. – 그리고 네가 대답하는 순간, 넌 여전히 살아 있는 나의 아들이야 – 나의 뒷방에서 충실하지 못한 직원에게 쫓겨서 말이지. 뼛속까지 늙은 나에게 남아 있는 것이 무엇이냐? 내 아들이 환호 속에서 세상을 돌아다니는 동안 내가 준비해온 사업은 문을 닫았단 말이다! 유흥에 빠져 나돌아다니고, 아버지 앞에 속을 터놓지 않는 신사의 얼굴을 하고 나타나? 내가 너를 사랑하지 않았다고 믿고 있니? 너를 낳은 내가?"

'이제 그는 앞으로 고꾸라질 거야.'

게오르크는 속으로 생각했다.

'그가 떨어져서 머리가 부서진다면!'

이 단어들이 그의 머리를 짓눌렀다.

아버지는 앞으로 몸을 숙였지만 떨어지지 않았다. 그가 기대한 것처럼 게오르크가 가까이 오지 않았기 때문에 그는 다시 몸을 일으켰다.

"그냥 그곳에 있어라. 난 네가 필요하지 않아. 넌 아직 이리로 올 기력이 있지만, 앞으로 나서려고 하지 않는구나. 네가 틀리지 않다고! 난 여전히 아주 강한 사람이야. 아마도 내가 혼자

였더라면 물러나야만 했겠지만, 네 엄마가 내게 힘을 줬고 네 친구와도 난 더할 나위 없이 좋은 관계를 유지하고 있으며 너의 고객 관계도 여기 내 주머니에 있어!"

"심지어 내의에도 주머니가 있군요!"

게오르크가 말했고 이러한 말로도 이 세상에서 그를 말릴 수는 없다고 여겼다. 단지 잠시 그렇게 생각했으며, 잇달아 모든 것을 잊어버렸기 때문이다.

"네 신부의 팔짱을 끼고 나에게 오기만 해봐라! 내가 그녀를 네 옆에서 떼어놓을 테니. 어떻게 할지 넌 상상도 못할 거다!"

게오르크는 믿지 못하겠다는 듯 얼굴을 찡그렸다. 아버지는 자신이 한 말을 선서라도 하듯이, 구석에 있는 게오르크를 보며 고개를 빠르게 끄덕였다.

"너의 친구에게 약혼에 관해서 써야 하는지 와서 물었을 때, 어떻게 넌 오늘 나와 대화를 했느냐. 그는 이미 모든 것을 알고 있단다. 이 바보 같은 놈아, 그는 모든 것을 알고 있다고! 내가 그에게 썼어. 왜냐하면 네가 나에게서 필기도구를 빼앗아 가는 것을 잊어버렸기 때문이지. 그렇기 때문에 그가 이미 몇 년 전부터 오지 않는 거야. 그는 너 자신보다도 모든 것을 백 배나 더 잘 알고 있으며, 네가 보내는 편지를 왼손에서 구겨버리고, 오른손에는 나의 편지를 읽으려고 지니고 있다고!"

그는 기묘한 감동에 사로잡혀 머리 위로 팔을 들어올려 마구 흔들었다.

"그는 모든 것을 너보다 천 배 이상 더 잘 알고 있어!"

아버지가 외쳤다.

"만 배 이상이겠죠!"

게오르크는 아버지를 비웃기 위해 말했지만, 그의 입에서 나온 말은 매우 진지한 울림이었다.

"수년 전부터 이미 네가 이러한 질문을 하러 올 것이라 생각하고 유심히 지켜보았지! 너는 내가 다른 뭔가를 근심한다고 생각했겠지? 내가 신문을 읽는다고 믿고 있었어? 자!" 그리고 그는 어떻게 침대로 가져갔는지 들고 있던 신문 한 장을 게오르크에게 던졌다. '게오르크'라는 아주 낯선 이름의 오래된 신문이었다.

"네가 성숙해지기 전까지 얼마나 오랫동안 주저했는지! 네어머니는 죽어야만 했고 그녀는 기쁨의 날을 볼 수조차 없었다. 네 친구는 러시아에서 파멸하고 있고, 이미 3년 전에 그는 버려졌지. 그리고 난, 네가 보다시피 내 처지가 어떤지, 너도 눈이 있잖아!"

"아버지께선 잠복하고 절 기다리셨군요!"

게오르크가 외쳤다. 안타깝다는 듯이 아버지는 몇 마디 덧붙여 말했다.

"넌 아마도 좀 더 일찍 말하고 싶었을 거다. 지금은 전혀 좋은 때가 아니구나."

그리고 좀 더 큰 소리로 말했다.

"너 자신 외에 뭐가 남아 있는지 이제야 알겠지. 지금까지 너는 단지 너만 아는 이기적인 인간이었잖아! 넌 원래 순수한 아이였지. 하지만 사실 넌 원래 악마 같은 인간이었어! 그리고 알고 있거라. 지금 내가 너에게 익사할 것을 판결하노라!"

게오르크는 방에서 쫓겨나는 듯한 느낌을 받고 도망치듯 뛰쳐나왔다. 아버지가 그의 뒤에서 침대로 넘어지는 소리가 여전히 귓가에 들렸다. 그가 기울어진 평면 위를 달리는 것처럼 서둘러 내려가는 계단 위에서, 집을 청소하기 위해 위로 올라오던 하녀가 그와 부딪혔다. 그녀는 "맙소사!" 하고 외치며 앞치마로 얼굴을 가렸지만 그는 이미 빠져나가 문밖으로 뛰어 나간 뒤였다. 강까지 이어지는 도로의 위쪽으로 뛰어간 다음 배고픈 자가 음식을 잡듯 난간을 꽉 움켜쥐었다. 어렸을 때, 부모님의 자랑이었던 탁월한 체조 선수였을 때처럼 그는 난간을 훌쩍 뛰어넘었다. 점점 힘이 빠지는 손으로 아직 난간을 꽉 잡은 채, 난간 버팀목 사이로 버스 한 대가 지나가는 것을 보았다. 버스는 그가 떨어지는 소리를 삼켜버릴 것이다. 그는 나지막하게 외치고는 손을 놓았다.

"사랑하는 부모님, 저는 항상 당신들을 사랑했어요."

다리 위로는 정말 끝없이 차들이 지나다니고 있었다.

시골 의사

나는 몹시 당황했다. 외부에 응급환자가 생겼기 때문이다. 여기서 16킬로미터 정도 떨어진 마을에 있는 환자가 위급하다는 연락이 왔다. 거센 눈보라가 나와 환자 사이의 먼 공간을 가득 채웠다. 가볍고 바퀴가 크고 시골길에서 쓸모가 있는 마차가 다행히 한 대 있었다. 모피 옷을 입고 진찰 가방을 손에 들고, 출발할 준비를 마친 후 마당에 서 있었지만 타고 갈 말이 없었다. 나의 말은 추운 겨울에 너무 혹사당해서 지난밤에 죽었다. 하녀는 말을 빌리기 위해서 마을 이곳저곳을 뛰어다니고 있었다. 하지만 가망이 없다는 것을 나도 그녀도 알고 있었다. 점점 더 많은 눈들이 쌓이고, 점점 더 움직이기 힘들어지는데 나는 하릴없이 그곳에 서 있었다. 입구에 하녀가 혼자 나타나서 등불을 흔들었다. 그럼 그렇지. 누가 지금 같은 때에 자신의 말을 빌려주겠는가? 1퍼센트의 가능성도 없었다. 멍하게 서 있다가 화가 치밀어 이미 몇 년 전부터 사용하지 않던 돼지우리의 부서진 문을 발로 찼다. 경첩에 걸려 있던 문이 열렸다 닫혔다 했다. 말에서 나는 것 같은 온기와 냄새가 났다. 흐릿한 돼지우리의 등불이 밧줄에 매달려 안에서 흔들거렸다. 갑자기, 낮은 칸막이가 있는 방 안에서 움츠리고 있던 한 남자가 푸른 눈의 환한 얼굴을 내비쳤다. 그가 "제가 말을 묶을까요?"라고 물었다. 난 너무 놀라 무슨 말을 해야 할지 몰라서, 우리 안에 또 무엇이 있는지 보기 위해서 몸을 굽혔다. 하녀는 어리둥절하여 내 옆에 서 있었다. 그가 "자기 집에 어떠한 것들이 있는지 알지 못하시는군요"라고 말해서 우린 둘 다 웃었다.

"어이 형제여, 어이 자매여!" 마부가 외치자 옆구리가 거대하고 튼실한 말 두 마리가 서로 밀치면서 낙타같이 잘생긴 머리를 숙인 채 몸이 꽉 차는 문틈을 비집고 나왔다. 곧 말들은 다리를 쭉 뻗고 콧김을 내뿜으며 섰다. "그를 도와줘." 내가 말하자 하녀는 기꺼이 마부에게 마차의 마구(馬具)를 건네주었다. 하지만 그녀가 그에게 다가가자마자, 마부는 그녀를 잡아채 자기 입술을 그녀의 얼굴에 세게 갖다댔다. 그녀는 비명을 지르며 나에게로 도망쳐 왔다. 하얀 뺨에 두 줄로 된 이빨 자국이 빨갛게 찍혀 있었다. "이런 짐승 같으니라고!" 나는 화가 나서 소리쳤다. "매를 맞아봐야 정신 차리겠어?" 하지만 곧 그가 낯선 사람이라는 것을 떠올렸다. 어디에서 왔는지도 알 수 없는 그가,

다른 모든 사람들이 출입을 거절한 이곳에 와서 자발적으로 나를 돕고 있지 않은가. 그는 나의 생각을 알고 있기라도 한 듯, 나의 위협을 대수롭지 않게 생각하면서 계속 말에 마구를 얹는 데 집중하며 나를 한번 돌아볼 뿐이다. "타세요." 그가 말했을 때 실제로 모든 준비가 되어 있었다. 이렇게 아름다운 한 쌍의 말이 이끄는 멋진 마차는 처음이라 나는 기쁜 마음으로 올라탄다. "하지만 내가 말을 몰겠다. 넌 길을 모르니." 내가 말하자 그가 대답했다. "그럼요. 전 함께 타고 가지 않아요. 로자의 곁에 있을 거예요." 그 순간 "안 돼요!"라고 로자가 소리치며 집 안으로 뛰어들어갔다. 일단 몸을 숨기려 도망치긴 했지만 자신의 피할 수 없는 운명을 예감한 것 같기도 했다. 그녀가 채우는 문고리의 쇠가 덜거덕거리는 소리가 들린다. 자물쇠가 걸리는 소리도 들린다. 게다가 그녀가 자신을 찾지 못하도록 복도와 방을 지나며 연이어 모든 불을 끄는 것이 보인다. "함께 타고 가야겠네." 내가 마부에게 말했다. "그러지 않으면 나도 출발하지 않겠어. 그렇게 긴박한 것도 아니야. 이걸 타기 위해서 로자를 자네에게 줄 생각은 추호도 없네." 그러자 그가 웃으며 "정신 차려!" 외치고는 손뼉을 쳤다. 곧 마차가 물살에 흐르는 나뭇조각처럼 떠내려갔다. 곧이어 나는 마부의 침입으로 내 집의 문이 부서지고 산산조각 나는 소리를 들었다. 나의 눈과 귀는 모든 감각을 고루 파고드는 윙윙거리는 소리로 채워졌다.

하지만 그것도 잠시였다. 나의 집 마당 앞에서 환자 집의 마당이 바로 연결되어 있는 것처럼, 난 이미 그곳에 도착해 있었다. 말은 조용히 서 있고 눈발은 멈춘 상태였다. 달빛이 내 주위를 감돌았으며 나를 기다리던 환자의 부모가 급하게 뛰어나온다. 환자의 누나도 달려 나왔다. 누군가 마차 밖으로 나를 거의 들어 올린다. 뒤죽박죽된 그들의 이야기를 전혀 이해할 수 없다. 환자가 있는 방으로 들어가니 안의 공기는 거의 숨도 쉴 수 없을 지경이다. 청소 안 된 난로에서 냄새가 난다. 창문을 열어야겠다고 느끼지만 우선 환자를 보고 싶다. 비쩍 마르고 열은 없으나 공허한 눈으로 나를 쳐다보는 소년이 보인다. 내의도 입지 않고 깃털 이불 안에 있던 소년이 갑자기 몸을 일으켜 나의 목에 매달리며 귀에다 속삭인다. "의사 선생님, 절 죽게 내버려두세요."

나는 주위를 둘러보지만, 어느 누구도 그 말을 듣지 못했다. 부모는 아무 말 없이 머리를 숙이고 선 채 나의 진단을 기다린다. 그의 누나가 내 가방을 놓을 의자를 가지고 왔다. 난 가방을 열어 기구들을 찾는다. 소년은 여전히 침대 밖의 나를 찾으려고 손으로 더듬으며 자신의 부탁을 상기시키려고 한다. 난 핀셋을 집어서 그것을 촛불에 확인하고 다시 놓는다. '그렇지.' 나는 비웃듯이 생각한다. '이와 같은 경우에는 신만이 도울 수 있지. 부족한 말을 보내주시고, 서둘러야 하니까 말을 더 주시면서, 마부에게 지나친 비용을 지불하게 하시지.' 지금에서야 비로소 다시 로자가 생각난다. 어떻게 해야 하지, 그녀를 이러한 상황에서 어떻게 구하지, 어떻게 그녀를 마부에게서 구해내지, 그녀에게서 16킬로미터 떨어져 있는데, 마차 앞에서 통제가 안 되는 이 말들을 가지고 말이야……. 어떻게 했는지는 모르겠지만 느슨한 가죽끈을 맨 이 말들로 말이야.

머리가 이상해져서인지는 모르지만, 가족들이 소리쳐도 난동요 없이 환자를 살핀다. 마치 말들이 출발하라고 나를 재촉이라도 한 듯, '곧 돌아가야지'라고 생각한다. 더위 때문에 내가 힘들어한다고 생각한 환자의 누나가 나에게서 모피를 벗겨낸다. 신경이 쓰였지만 내버려두었다. 럼주 한 잔이 내게 건네졌고, 노인은 나의 어깨를 톡톡 쳤다. 그것을 건네주는 것은 나에 대한 신뢰를 보여주는 것이다. 난 고개를 흔든다. 노인은 거절당했다는 속좁은 생각으로 불쾌해할 것이다. 단지 이러한 이유만으로도 난 그것을 마시기를 거절한다. 환자의 어머니는 침대 곁에 서서 나를 살짝 끌어당긴다. 난 그녀를 따라가서, 말 한 마리의 울음소리가 방 천장까지 울리는 동안, 머리를 소년의 가슴에 대고 청진을 해본다. 소년은 나의 젖은 수염 아래에서 몸을 떨고 있다. 소년은 건강하다. 조금 피가 흐른 것 때문에 걱정하는 어머니가 커피를 먹였지만, 그는 사실 매우 건강하니 그를 밀어서 침대 밖으로 내보내도 된다. 하지만 나는 세상을 개

선하는 사람이 아니기에 그가 누워 있도록 내버려둔다. 사실 나는 의사로 구역에 고용되어 있는데 너무 일이 많아서 거의 한계에 도달할 때까지 의무를 다하고 있다. 적은 봉급이지만 가난한 이들을 도와주는 데 인색하지 않다. 그리고 또 나는 로자를 돌보아야 한다.

소년이 옳을 수도 있다. 나 또한 죽고 싶다. 이러한 끝없는 겨울에 내가 여기서 뭘 하고 있단 말인가! 나의 말은 죽고 마을에 있는 어느 누구도 나에게 말을 빌려주지 않는다. 돼지우리에서 말을 두 마리 끌어와야만 했다. 우연히 빌린 말이 없었다면 돼지 새끼라도 몰아야만 했는가. 그런 것이다. 그리고 난 가족에게 고개를 끄덕인다. 그들은 그 뜻을 전혀 알지 못하고, 그들이 알았다고 하더라도 나를 믿지 않을 것이다. 처방전을 쓰는 것은 쉽지만, 사람들을 이해시키는 것은 어렵다. 이제 여기서 내 일은 끝났다. 누군가 나를 또다시 헛고생시킨 것이다. 그런 것에는 익숙하다. 비상 종 때문에 전 구역이 나를 괴롭힌다. 그러나 이번에는 로자를 희생시켜야만 했다. 이 아름다운 소녀는 몇 해가 지나도록 나에게서 관심을 받지 못했지만, 내 집에서 살았다. 그녀의 희생은 너무 크다. 최선을 다한다고 하더라도 나에게 로자를 돌려줄 수 없는 이 가족에게 매달리지 않으려면, 궤변이라 하더라도 어떻게든 머릿속에서 정리해야만 한다.

하지만 내가 가방을 닫고 모피 옷을 달라고 신호할 때, 가족들은 옆에 서 있었다. 아버지는 럼주 잔의 냄새를 맡고 어머니는 나에게 실망한 듯이 그래, 도대체 이들은 뭘 기대하는가? - 눈물을 글썽이며 입술을 깨물고 있다. 소년의 누이가 피가 많이 묻은 손수건을 흔들고 있을 때, 난 소년이 어쩌면 정말 아플 것이라는 상황을 인정할 마음의 준비가 되었다. 내가 그에게 다가가니, 내가 혹시 효험이 좋은 수프라도 가지고 왔을까 봐 그는 나를 마주 보고 미소 짓는다. - 아! 지금 두 마리의 말이 울부짖고 있다. 이러한 소리가 좀 더 높은 장소에서 들려오니 진찰하기는 수월해진다 - 그리고 나는 이제야 발견한다. 그래, 소년은 아프다. 그의 오른쪽 옆구리 근처에 손바닥만 한 크기의 상처가 벌어져 있었다. 상처는 다양한 색조의 장밋빛이다. 깊은 곳에서는 어둡고 테두리로 갈수록 밝아지며 고르지 않게 모인 피알갱이들이 파헤쳐진 광산처럼 열려 있다. 멀리서 보니 그렇다. 가까이에서 보면 더 심각해 보인다. 아무 생각 없이 어떻게 그걸 볼 수 있겠는가? 내 작은 손가락 크기와 비슷한 벌레들이, 피를 뒤집어쓰고 붉은빛으로 변해서는 상처의 내부에 달라붙어서, 흰 머리와 수많은 다리에 빛을 받으며 꿈틀거리고 있다. 불쌍한 소년을 도울 수 있는 방법이 없다. 난 너의 커다란 상처를 찾아냈다. 너의 옆에 있는 이 꽃 때문에 너는 죽게 된다. 진찰을 하고 있는 나를 보고 가족들은 행복해한다.

"날 구할 건가요?" 상처 안의 생명체로 고통받는 소년은 울먹이며 속삭인다. 내 주위에 있는 사람들은 늘상 이렇다. 항상 불가능한 것을 의사에게 요구한다. 그들은 옛날의 신앙을 잃어버렸다. 목사는 집에 앉아서 지저분한 사제복을 쥐어뜯고 있다. 하지만 의사는 섬세한 외과의의 손으로 모든 것을 수행해야만 한다. 그들이 나를 성스러운 목적으로 사용한다면 나 또한 그렇게 하도록 내버려둔다. 늙은 시골 의사인 내가 더 나은 무엇을 원하겠는가, 내 하녀는 겁탈당했는데! 그리고 가족과 마을의 어른들이 와서 나의 옷을 벗긴다. 맨 앞에 선생님이 서 있는 학교 합창단이 집 앞에서 극도로 단순한 멜로디의 노래를 부른다.

그의 옷을 벗겨라, 그러면 그는 치료할 것이다.
그가 치료하지 않는다면 그를 죽여라!
단지 의사일 뿐이니, 단지 의사일 뿐이다.

이어서 그들은 나의 옷을 벗긴다. 나는 수염에 손가락을 대고, 사람들을 조용히 바라본다. 그렇게 침착하게 서 있다. 그들은 아무도 나에게 도움이 안 된다. 이제 그들이 나의 머리와 발을 들어서 침대로 옮긴다. 상처가 있는 옆에, 경계선에, 그들은 나를 내려놓는다. 그다음에 모두가 방에서 나간다. 문은 닫혔다. 노래가 멈춘다. 구름이 달을 가린다. 따뜻한 이불이 내 주위에 놓여 있다. 창문 구멍 안에는 말의 머리들이 그림자처럼 흔들거린다. "알고 있나요?" 소년이 내 귀에 속삭인다. "선생님을 별로 믿지 않아요. 제 발로 오시지 않았잖아요. 도와주시지는 못하면서 제가 죽는 자리를 좁게 하네요. 당신의 눈이라도 할퀴고 싶어요." 난 말한다. "맞아. 이것 또한 일종의 모욕이야. 하지만 난 의사야. 내가 뭘 해야겠니? 나 또한 이런 일이 쉽지 않다는 것을 믿어주겠니?" "이러한 사과로 난 만족해야만 하나요? 그렇죠, 그러면 되는 거죠. 항상 난 만족해야만 하죠. 난 아름다운 상처를 가지고 세상에 왔어요. 그것이 나의 모든 지참금이었어요." "젊은 친구, 너의 단점은 통찰력이 없다는 거야. 먼 곳에서, 그리고 수많은 병실에 있었던 내가 말해줄게. 네 상처는 그렇게 심하지는 않아. 날카로운 각도로 괭이에 두 차례 베인 거야. 많은 이들이 괭이가 더 가까이 오는데도, 숲 속에서 그 소리를 듣지 못하고, 옆구리를 내놓거든." "실제로 그런가요. 아니면 열이 나고 있는 나를 속이는 건가요?" "사실을 말하는 거다. 공직 의사의 명예를 걸고 말하는 거야." 그는 받아들이고 침묵했다. 이제 탈출할 때였다. 여전히 말들은 충실하게 그 자리에 있었다. 겉옷, 모피 옷, 그리고 가방을 잽싸게 쥐었다. 옷 입느라 지체하고 싶지 않았다. 말들이 여기에 올 때처럼 서두른다면, 이 침대에서 나의 침대까지 뛰어넘을 수 있을 것이다. 창가에 있는 말 한 마리가 움직였다. 마차 안으로 옷을 던졌는데 모피가 너무 멀리 날아가 겨우 소매 한쪽만이 갈퀴에 걸렸다. 그만하면 충분하다. 난 말 위로 뛰어올랐다. 느슨하게 매인 가죽끈을 질질 끌면서 걷는 두 마리 말에 제대로 묶이지도 못한 채, 마차는 불안정하게 이끌려왔다. 눈 속에서 모피 옷이 마차 끝에 매달려 펄럭였다. "정신 차려!" 난 말했지만 그렇게 되지 않았다. 늙은 남자들처럼 천천히 우리는 눈 사막을 지나고 있었고 우리 뒤에서는 새롭지만 어딘가 틀린 아이들의 음산한 노래가 오랫동안 울렸다.

기뻐하라, 환자들이여, 너희들의 침대에 의사를 두었다!

이런 식으로는 결코 집에 가지 못한다. 번성했던 내 병원은 사라졌다. 후임자가 나의 자리를 넘보겠지만 쓸데없는 일이다. 그가 나를 대체할 수는 없기 때문이다. 나의 집에서는 그 역겨운 마부가 미쳐 날뛰고 있다. 로자는 희생양이다. 난 그것을 생각하고 싶지 않다. 이렇게 불운한 시대의 추위에 내팽개쳐져서, 지상의 마차와 저승의 말을 타고, 나이 든 나는 나체로 떠돌아다닌다. 나의 모피 옷은 마차 뒤에 걸려 있지만 내 손이 닿지 않고, 움직일 수 있는 환자들의 무리 가운데 어느 누구도 손가락을 까딱하지 않는다. 속았어! 속았어! 비상 종소리의 잘못된 울림 한 번으로 결국 돌이킬 수 없게 되었다.

갑작스러운 산책

저녁에 집에 머물겠다고 결심하고서 집에서 입는 옷을 입고, 저녁 식사 후에 등불이 비치는 책상에 앉아서 이런저런 일이나 게임을 시작하고, 그것이 끝난 후 습관적으로 자러 갈 때, 바깥의 날씨가 좋지 않아 집에 머무는 것이 당연하다고 느껴질 때, 지금 이미 오랫동안 책상 앞에 가만히 앉아 있었기에 외출하는 것이 좀 이상하다고 생각할 때, 또한 이미 계단 집이 어두워지고 집 대문이 닫혀 있을 때, 이러한 모든 것에도 불구하고 갑작스럽게 느껴지는 불쾌함에 일어서서, 즉시 외출하기에 적당한 옷을 입고, 나가봐야 한다고 설명하고, 짧은 인사 후 집 문을 빠르게 닫다가 큰 소리가 나서, 다소 불만이 생기리라 여겨질 때, 골목길에 서 있는데 예상하지 못한 이러한 자유를 온몸으로 느끼고 특별한 움직임이 절로 나올 때, 이러한 한 번의 결심으로 내 모든 결정 능력이 예민해짐을 느낄 때, 가장 빠른 변화를 쉽게 실현하는 욕구보다 더 많은 힘을 가진다는 것을, 습관이라 치부하지 않고 더 크게 인식할 때, 그리고 그렇게 긴 골목길을 걸어갈 때 – 그다음에는 오늘 저녁만큼은 내 가족에게서 멀어 지는 반면에, 스스로는 아주 확고한 결심으로, 검은 실루엣의 형상을 하고는 그 자신의 진정한 모습을 위해서 일어선다.

이러한 늦은 저녁 시간에 한 친구를 찾아가 잘 지내고 있는 지 살필 때 모든 것이 좀 더 강해진다.

옷

나는 종종 아름다운 몸에 예쁘게 걸쳐진 여러 겹의 주름과 주름 장식을 볼 때마다, 그것들이 오랫동안 그렇게 유지되지 못하고, 주름이 지고, 더 이상 매끈하지 않고, 장식에서 더 이상 떼어낼 수 없는 두꺼운 먼지가 낀다는 사실을 생각한다. 또한 어느 누구도 매일 똑같은 귀한 옷을 이른 시간에 입고 저녁마다 벗는 것을, 별 감흥 없이 반복하게 된다는 것을 생각해본다.

정말 아름답고 매혹적인 근육과 작은 복사뼈와 팽팽한 피부와 가늘고 풍성한 머릿결이 있지만 매일 가장무도회의 복장을 하고 나타나서, 항상 똑같은 얼굴을 똑같은 손바닥에 대고 거울에 비추는 소녀들을 본다.

가끔 저녁때에만, 축제에서 늦게 돌아왔을 때, 거울에는 닳아 빠지고, 붓고, 먼지투성이에다, 이미 모두에게 선보여져서 더 이상 입을 수 없는 것들이 나타난다.

원형극장의 관람석에서

허약하고 폐가 약한 어떤 여자 곡마사가 서커스 원형극장의 흔들거리는 말을 타고 지칠 줄 모르는 관객들 앞에서, 채찍을 휘두르는 냉혹한 단장 때문에 몇 달간 쉬지도 못하고 원형극장 안에서 사방으로 내몰리며, 의미 없는 키스를 던지고 허리에 무게중심을 잡고 있다. 이러한 공연이 오케스트라와 환풍기의 멈추지 않는 소리와 함께 섞여서, 가라앉았다가 새로이 부풀어 오르는 기계적인 박수갈채에 이끌려 끊임없이 되풀이되는 암울한 미래가 이어진다면, – 어쩌면 한 젊은 공연 방문자가 모든 관람석을 통과하는 긴 계단 아래로 서둘러 내려가서, 공연장으로 돌진하며 외쳤을 것이다. 멈춰! 점점 적응이 될 만한 오케스트라의 팡파르에 섞여서.

하지만 그렇지 않기 때문에, 하얗고 빨간 옷을 입은 아름다운 숙녀가 막 사이로 날아 들어오고, 제복을 입은 이들이 의기

양양하게 그녀 앞의 막을 열어준다. 감독은 몸을 기울여 그녀의 눈길을 좇으며, 동물들 가운데서 그녀와 마주 보면서 호흡한다. 마치 그녀가 위험한 말 타기를 무릅쓰는, 자신이 가장 사랑하는 손녀라도 되는 것처럼 조심스럽게 회색 얼룩이 있는 말 위로 그녀를 올린다. 그렇기에 채찍을 휘둘러 시작 신호 주는 것을 잠시 주저하다 결국 스스로를 극복하고 탕 하는 소리를 낸다. 그런 후 곧장 이것저것 지시하며 말 옆에서 뛰어다닌다. 동시에 여자 곡마사의 점프를 예리한 눈빛으로 좇는다. 그녀의 재주가 그날따라 별로라고 생각하면서 영어로 외치며 경고한다. 말 타는 것을 멈추게 하려는 마부에게 화를 낸다. 장엄한 공중회전을 앞두고는 손을 올리고 오케스트라에게 조용히 하라고 명한다. 마침내 떨고 있는 말에서 그녀를 들어 올려서, 양쪽 뺨에 키스를 한다. 사실 그는 관객의 호응이 너무 약하다고 여긴다. 반면 그녀는 그에게 기대어 발꿈치를 높이 들고, 팔을 넓게 벌린 채 머리를 뒤로 제쳐 자신의 행복을 전체 서커스단과 나누고자 한다. 이렇기 때문에, 관객은 얼굴을 난간에 대고, 무거운 꿈에 침몰하는 것 같은 마지막 행진을 보면서 까닭 모를 눈물을 흘린다.

오래된 기록

우리의 조국을 지키는 데에 많이 소홀해진 것 같다. 우리는 지금까지 조국에 대해 근심하지 않고 우리의 일에 전념했다. 하지만 지난날의 사건 때문에 우리 모두는 걱정과 근심에 싸여 있다.

황제의 궁 앞에 있는 광장에 내 구두 작업장이 있다. 새벽 동틀 녘에 가게를 열자마자, 모든 골목들의 입구가 무장한 사람들로 점령된 것을 보았다. 하지만 놀랍게도 그들은 우리의 병사들이 아니었다. 명백히 말하자면 북에서 온 노마드족이었다. 아무도 모르게 그들은 경계선에서 멀리 떨어져 있는 수도까지 밀려왔다. 어쨌든 그들은 여기에 있다. 매일 아침 점점 더 많아지는 것 같다.

본성에 따라 그들은 자유로운 하늘 아래에서 야영을 한다. 왜냐하면 지붕과 벽이 있는 집에서 가만히 있는 것을 혐오하기 때문이다. 그들은 날카로운 검과 뾰족한 화살을 지니고 말 타기 연습에 몰두한다. 이렇게 적막하고 항상 불안이 감도는 곳에 그들은 진정한 둥지를 만들었다. 물론 많은 상인들이 가게에서 나와 적어도 그들이 쌓아놓은 불쾌한 오물만이라도 치워보려 노력했다. 하지만 그런 일은 점점 드물어진다. 왜냐하면 노력은 아무 쓸모가 없고, 오히려 거친 말들에 깔리게 되거나, 채찍질로 상처가 나는 등의 사고가 일어나기 때문이다.

노마드족과는 말을 할 수가 없다. 그들은 우리의 언어를 알지 못하는 데다 자신들의 언어도 거의 없다. 그들은 갈까마귀 소리로 의사소통을 한다. 우리는 점점 이러한 소름끼치는 외침을 많이 듣게 된다. 그들은 우리의 생활 방식, 우리의 시설이 그들과 아무 상관없는 것이라 여기는 듯, 이해하려 들지 않는다. 그렇기 때문에 그들은 모든 기호 언어에 대해 거부감을 보인다. 그들은 이해하지 못하며 나중에도 결코 이해하지 못할 것이다. 종종 그들은 인상을 찌푸린다. 그리고 눈의 흰자를 보이며 입에 거품을 물지만, 그런 행동으로 어떤 뜻을 전달하거나 위협을 가하는 것은 아니다. 그들은 그저 그렇게 할 뿐이다. 그것이 그들의 방식이기 때문이다.

그들은 필요한 것을 가져간다. 사실 그들이 폭력적이라고 말할 수는 없는 것이, 그들이 거머쥐기 전에 사람들은 옆으로 물러서며 그들에게 모든 것을 넘겨줘버리기 때문이다. 그들은 내

창고에서도 좋은 것들을 많이 가져갔다. 하지만 맞은편에 있는 푸줏간 주인에 비하면 내 피해는 아무것도 아니다. 그가 물건을 들여오는 순간 노마드족이 달려들어 모든 것을 빼앗아 가고 삽시간에 삼켜버린다. 심지어 그들의 말들까지도 고기를 먹어 치운다. 예컨대 노마드족 한 사람이 자기 말 옆에 드러누워서 말과 함께 고기 한 덩어리 양 끝자락을 잡고 물어뜯는 식이다. 푸줏간 주인은 겁을 먹어서 대항할 엄두도 내지 못한다. 우리는 그 심정을 이해하기에 돈을 모아서 그를 지원한다. 노마드족이 고기를 얻지 못할 때, 그들이 무슨 생각을 떠올리게 될지 누가 알겠는가. 비록 그들이 매일 고기를 먹지만, 갑자기 그들에게 무슨 생각이 떠오를지 누가 알겠는가.

결국 푸줏간 주인은 적어도 도살의 노고를 아낄 수 있겠다는 생각에 어느 날 아침, 울며 겨자 먹기로 살아 있는 황소를 끌고 와서 그들에게 주었다. 더 이상 설명을 반복할 필요가 있을까? 나는 한 시간 동안 작업장 뒤에서 바닥에 납작하게 엎드려 나의 모든 옷, 이불 그리고 쿠션들을 뒤집어썼다. 그 야만인들이 사방에서 뛰어들어 따뜻한 고기를 이빨로 물어뜯는 와중에 죽어가는 황소의 울음소리를 듣지 않기 위해서였다. 일은 순식간에 끝났다. 야만인들은 와인 통 주위에 술꾼처럼 널브러져서, 뼈만 남은 황소를 흡족하게 바라보았다.

바로 그때 나는 궁전의 창문에서 밖을 내다보는 황제의 모습을 보았다. 그는 결코 이런 시장통으로 나오지 않으며, 항상 내부의 안전한 정원에서 살고 있다. 하지만 이제 그는 창가에 서서 성 앞에서 벌어지는 일들을 물끄러미 바라보는 것 같았다.

"어떻게 하지?" 우리는 서로에게 묻는다. "이런 압박감과 고통을 얼마나 더 견뎌야 할까?" 황제의 궁전은 노마드족을 꾀어들였지만, 그들을 다시 어떻게 쫓아내야 하는지 알지 못한다. 문은 닫혀 있다. 예전에 항상 화려한 옷차림으로 드나들던 궁병들은 창살 뒤에 말없이 서 있다. 우리 수공업자들과 상인들에게 조국의 구원이 맡겨진 것이다. 하지만 우리는 그와 같은 임무를 수행할 능력이 없다. 또한 그와 같은 능력이 있다고 생각해본 적도 없다. 만약 있다면 그건 오해다. 결국 우리 모두는 파멸하고 말 것이다.

법 앞에서

법 앞에 문지기가 서 있다. 시골에서 온 한 남자가 문지기에게 법 안으로 들여보내달라고 청한다. 하지만 문지기는 지금은 그의 출입을 허락할 수 없다고 말한다. 그 남자는 곰곰이 생각한 후, 나중에는 들어가도 되는지 묻는다. "가능하죠. 하지만 지금은 안 돼요." 문지기가 말한다. 법으로 가는 문은 여느 때와 마찬가지로 열려 있다. 문지기가 옆으로 물러났기 때문에, 그 남자는 문을 통해서 안을 보려고 허리를 굽힌다. 문지기가 그걸 알아채고 웃으며 말한다. "할 수 있을 것 같으면, 안으로 들어가보시오. 하지만 아셔야 하오. 난 아주 강하다는 것을. 게다가 난 단지 가장 밑에 있는 문지기일 뿐이오. 안에는 나보다 더 강한 문지기들이 서 있소. 겨우 세 번째 홀의 문지기의 눈빛만 봐도 나 또한 견뎌낼 수 없소." 시골에서 온 그 남자는 이런 난관을 예측하지 못했다. 법은 누구에게나 항상 열려 있어야만 한다고 생각했던 것이다. 모피 외투를 입고 있는 문지기를 자세히 보니, 큰 뾰족코에다 길고 가늘고 검은 타타르족의 수염이나 있었다. 문지기가 출입을 허락할 때까지 차라리 기다리는 게 낫겠다고 그는 생각한다. 문지기는 그 남자에게 등받이가 없는 의자를 주고 문 옆에 앉아 있도록 한다. 그곳에서 그는 오랫동안 우두커니 앉아 있게 되었다. 시간이 흘러 그는 법 안으로 들어가려고 점점 더 많은 시도와 부탁을 해서 문지기를 피곤하게 한다. 문지기는 종종 그 남자와 짧게 이야기하다 그의 인적사항 등 많은 것들을 묻지만, 그것은 마치 어른들이 인사차 다른 사람에게 묻는 것처럼 무관심한 질문들이다. 그리고 결국에는 들어갈 수 없다고 늘 딱 잘라 말한다. 여행하려고 많은 준비를 해 온 남자는, 문지기를 매수하기 위해서 값어치가 있는 모든 것을 넘겨주었다. 물론 문지기는 모든 것을 받지만 그때마다 덧붙여 말한다. "당신이 노력을 게을리 했다고 생각하지 않도록 하기 위해서 받는 것뿐이오." 수년 동안 그 남자는 문지기를 거의 쉬지 않고 관찰한다. 그는 다른 문지기들을 이미 잊었다. 이 첫 번째 문지기가 그에게는 법으로 출입하기 위한 유일한 장애 같아 보인다. 그는 처음에는 큰 소리로 불행한 우연을 저주하고, 나중에 그가 늙자 단지 입 안에서만 맴도는 소리로 툴툴거린다. 그는 몇 년 동안 문지기를 지켜보면서 바보처럼 변해버려서, 털가죽의 옷깃에 있는 벼룩을 알아보고는 벼룩에게도 자기를 도와서 문지기의 마음이 변하도록 해달라고 부탁한다.

마침내 그는 시력까지 약해졌다. 그는 주위가 실제로 더 어두워졌지 아니면 단지 눈만 나빠졌는지 알지 못한다. 하지만 어둠 속에서도 법의 문에서 꺼지지 않고 나오는 섬광을 인식하고 있다. 이제 그는 곧 죽을 것이다. 죽음을 앞두고 그의 머릿속에는 전 생애에 걸친 모든 경험이, 지금까지 그가 문지기에게 아직 묻지 않은 하나의 질문으로 집약된다. 그는 문지기에게 가까이 와보라고 손짓한다. 몸이 다 굳어 더 이상 일어설 수 없기 때문이다. 문지기는 그와 얘기하려고 몸을 있는 대로 낮춰야 한다. 엄청난 키 차이가 날 정도로 그의 몸이 오그라들었기 때문이다. "도대체 뭘 더 알고 싶은 것이오? 당신은 만족할 줄 모르는군요." 문지기가 불평하자 그 남자가 말한다. "모두가 결국 법에 따라 죽지 않소. 수년 동안 나 외에는 어느 누구도 출입을 요청하지 않는 건 왜 그런 거요?" 문지기는 그 남자가 이미 죽음의 문턱에 다다른 것을 알고, 어두워지는 그의 귀에다 크게 소리를 지른다. "여기는 당신 외의 어느 누구도 출입할 수 없었소. 왜냐하면 이 출입문은 단지 당신만을 위해 정해진 것이었기 때문이오. 이제 나는 가겠소. 그리고 문을 닫겠소."

학술원에의 보고

학술원의 존엄하신 신사 여러분!

당신들은 저에게 경의를 표하면서, 제가 원숭이로서 살아온 경력에 관한 보고를 학술원에 제출하도록 부탁했습니다. 하지만 저는 유감스럽게도 이러한 부탁을 들어드릴 수가 없습니다.

거의 5년간 저는 원숭이가 아니라 인간의 삶을 살고 있습니다. 이것은 숫자로 보면 짧은, 하지만 어떤 면에서는 무한하게 긴 시간입니다. 어떤 때는 훌륭한 사람들, 조언들, 갈채 그리고 오케스트라 음악이 동반되었지만, 근본적으로는 혼자였습니다. 함께한 모든 것들이 그저 저의 과거로 남겨졌기 때문입니다. 그래도 사실 이러한 성과는, 제가 저의 근본을 고집하며 유년의 추억들을 붙들려고 했다면 불가능했을 겁니다. 모든 고집을 포기하는 것이 저에게 부과된 최상의 계명이었습니다. 그러하기에 자유의 몸이 된 원숭이, 저는 이 굴레에 복종합니다. 이런 복종의 결과로 당신들과의 기억을 점점 더 많이 갖게 되었습니다. 저는 인간 세계에서 좀 더 편안한 소속감을 느꼈습니다. 그렇기에 저의 과거에서 불어오던 폭풍은 잠잠해졌습니다. 그리고 오늘날 그것은 단지 저의 발꿈치를 간질이는 바람일 뿐입니다. 그리고 예전에 제가 그곳을 통해 왔던, 먼 곳에 있는 감옥은 너무 작아졌습니다. 그곳까지 돌아가기 위해서 제가 힘과 의지를 바친다면 아마 살가죽이 벗겨져야만 할 것입니다. 이러한 것들에 대해 저 또한 여러분처럼 비유를 선택하겠습니다. 솔직히 말하면 신사 여러분, 당신들이 유인원이었던 시절이 저의 감옥보다 그리 멀지는 않을 것입니다. 하지만 여기 지상에 있는 누구든지 발가락에 간지럼을 탑니다. 위대한 아킬레스와 마찬가지로 작은 침팬지도.

하지만 가장 제한적인 의미에서는, 어쩌면 당신들의 질문에 대답할 수 있을 것 같습니다. 또한 기쁜 마음으로 대답하겠습니다. 제가 배운 가장 첫 번째 행위는 악수를 하는 것이었습니다. 그리고 그 행위는 솔직함을 뒷받침합니다. 오늘날 삶이라는 궤도의 절정에 서 있는 제가, 모두와 처음 악수를 하는 것은, 또한 솔직한 말로 어떤 욕망을 충족시키는 것일 수도 있습니다.

학술원에게는 그다지 새롭지 않을 것이며, 제게 요구하는 것과 제가 최선의 의지를 가지고도 말할 수 없는 것이 여전히 존재할 겁니다. 여하튼 원칙이 있어야만 하며, 그 원칙하에 한 원숭이가 인간의 세계에 스며들어서, 그곳에서 계속 삶을 이어 왔습니다. 하지만 제가 완전히 확신하지 못하거나, 제 위치가 문명화된 세상의 모든 다양한 무대 위에서 확고해질 때까지 정착하지 못한다면, 제 생에서 계속되는 사소한 것들을 저 스스로 확실히 말해서는 안 됩니다.

저는 황금해안(아프리카 서북부 기니만에 접한 해안, 골드 코스트) 출생입니다. 제가 잡힌 것에 관해서는 낯선 보고에 의지하겠습니다. 하겐베크 회사의 수렵 탐험단이 – 저는 그 지도자와 함께 그 이후로 이미 많은 적포도주를 비웠습니다 – 강가의 덤불에서 주둔해 있었으며, 제가 저녁때 무리의 중앙에서 물을 마시기 위해 달리고 있을 때 그중 누군가 제게 총을 쐈습니다. 그리고 제가 유일하게 총을 맞았습니다. 두 발을 맞았습니다.

하나는 뺨에 맞았습니다. 그건 가벼운 상처였습니다. 털이 벗겨져 커다랗고 빨간 상처가 남았습니다. 그 상처는 꺼림칙하면서도 제게 맞지 않는, 원숭이가 생각했을 법한 '빨간 페터'라는 이름의 원인이 되었습니다. 저 자신이 최근에 죽은 유명하고 길들여진 동물 '원숭이 페터'와 단지 뺨 위의 빨간 점만으로 구별되듯이 말이지요.

두 번째 총알은 엉덩이 아랫부분에 박혔습니다. 그래서 심각한 상처가 났고 그 바람에 지금도 조금 절뚝거립니다. 최근에 신문에서 저에 관해 의견을 말하는 만 명의 경박한 사람들 가운데 한 명의 글을 읽었습니다. "원숭이로서 그의 본능은 아직 완전히 억제될 수 없다. 그 증거로 그가, 방문자가 올 때마다 총알이 관통한 부위를 보여주기 위해서 바지를 벗는다"는 것입니다. 글 쓰는 그놈 손의 모든 손가락에다 각각 총을 쏴버려야 했습니다. 만약 제가 바지를 벗어야 한다면, 제가 믿고 좋아하는 사람 앞에서 해도 됩니다. 사람들은 그 부위에서 잘 관리된 가죽과 상처 외에는 어떠한 것도 발견하지 못할 겁니다. — 우리는 여기서 일정한 목적을 위해 일정한 단어를 선택하지만, 오해하지 마시길 바랍니다 — 무모한 총격 이후의 상처. 모든 것이 사실입니다. 그렇기에 어떤 것도 숨길 게 없습니다. 진실을 말한다면, 모든 위대한 의식이 있는 사람들이 섬세한 예의범절을 던져버립니다. 그렇지만 저 글 쓰는 양반이 손님이 왔을 때 바지를 벗는다면, 이것은 물론 저와는 다른 주목을 받게 될 것입니다. 그래서 전 그가 그러지 않는 것이 이성적인 표시라고 여기겠습니다.

저는 총격이 있고 난 후에 깨어났습니다. — 그리고 여기서부터 점차적으로 저만의 기억이 시작됩니다 — 하겐베크 증기선의 중간 갑판에 있는 우리 안에서의 기억부터 시작됩니다. 네 면이 창살로 된 우리가 아니었습니다. 오히려 상자 하나에 세 면의 벽을 붙여놨습니다. 상자가 네 번째 벽의 모양을 만들었습니다. 전체가 똑바로 서기에는 너무 낮았으며 앉아 있기에는 너무 좁았습니다. 그렇기에 저는 몸을 굽혀서, 계속 떨리는 무릎으로 웅크리고 앉아 있었습니다. 말하자면, 제가 어느 누구도 보지 못하게 항상 어둠 속에 있고 싶어서 상자 쪽으로 몸을 돌렸고, 그동안에 쇠창살이 저의 뒤에서 살을 파고들었습니다. 사람들은 야생동물을 그런 식으로 가두는 것이 잡힌 뒤 초반에는 유용하다고 여기는데, 저도 경험해보니 그것이 인간적인 의미에서는 그렇다고 생각합니다.

하지만 당시에는 저는 그러한 것을 생각할 여유가 없었습니다. 저는 생애 처음으로 출구 없는 곳에 있었습니다. 제 앞에 있는 것은 상자, 널빤지에다 널빤지를 꽉 붙인 상자였습니다. 물론 널빤지 사이에는 열린 틈이 있었고, 제가 처음으로 그 틈을 발견했을 때, 이성을 잃고 행복한 울부짖음으로 환호했지만, 이 틈은 어디까지나 꼬리를 쭉 뺄 수도 없을 정도로 좁았고, 원숭이의 모든 힘을 써서도 넓힐 수 없었습니다.

나중에 누군가 저에게 말했는데 저는 이상할 정도로 조용해서, 사람들은 제가 곧 죽든지 혹은 살아남게 되면 아주 훈련을 잘 받을 것이라고 결론지었다고 합니다. 저는 첫 위기에서 살아남았습니다. 답답한 딸꾹질, 고통스러운 벼룩잡기, 야자열매를 지치도록 핥아먹기, 상자 벽에 머리 박기, 누군가 제 근처에 올 때 혀 내밀기. 이것은 새로운 생활에서 발견한 최초의 소일거리였습니다. 하지만 그 모든 것들을 하면서도 드는 기분은 출구가 없다는 괴로움이었습니다. 저는 당시 원숭이로서 느낀 것들을 인간의 말로 묘사할 수 있으며, 그렇기 때문에 지금 그것을 기록할 수 있습니다. 비록 제가 옛날 원숭이의 실제에 더 이상 도달할 수 없다고 하더라도 제가 묘사하는 방향에는 의심할 여지가 없습니다.

물론 저는 여태껏 너무나도 많은 출구를 통과했지만 그때만큼은 전혀 장애물이 없었습니다. 저는 자유를 위해 계속 달렸습니다. 사람들이 저를 못 박았다 하더라도, 그것 때문에 자유를 갈망하는 움직임을 포기하지는 않았을 겁니다. 왜 그렇겠습니까? 발가락 사이의 살을 긁어서 상처가 난다 해도, 쇠창살에 등을 대고 몸이 두 개로 나뉜다고 해도 멈추지 않을 겁니다. 저는 출구를 찾지 못했지만 그것을 마련해야 했습니다. 출구 없이는 더 이상 살 수 없었기 때문입니다. 항상 상자 벽에 기대어 있었다면 사실 저는 어쩔 수 없이 죽었을 것입니다. 하지만 하겐베크의 원숭이는 상자 벽에 기대어 일부가 됩니다.

그때 저는 원숭이로 존재하는 것을 그만두었습니다. 이것은 제 육감으로 생각해낸 명확하고 멋진 사고의 진행이었습니다. 원숭이는 육감으로 생각하기 때문입니다.

제가 출구라고 표현하는 것을 사람들이 정확히 알지 못할 수도 있습니다. 저는 이 단어를 가장 익숙하면서도 완전한 의미로 사용합니다. 저는 의도적으로 자유를 말하지 않습니다. 저는 모든 측면에 대한 이러한 거대한 자유의 감정을 입에 올리지 않습니다. 원숭이로서 저는 그것을 알고 있었고, 그것을 갈망하는 인간들을 알게 되었습니다. 하지만 저에게 해당하는 것, 저는 당시에도 지금도 자유를 요구하지 않습니다. 덧붙이자면 인간들은 자유라는 것으로 그들끼리 빈번하게 속입니다. 그리고 자유가 가장 숭고한 감정에 속하는 것처럼, 거기에 적용하는 속임수도 가장 유치한 것 같습니다. 저는 제가 등장하기 전에 무대의 높은 천장에서 곡예용 그네에 매달려 분주하게 움직이는 곡예사 커플을 종종 보았습니다. 그들은 팔을 휘두르고, 흔들어 움직이고, 훌쩍 뛰고, 서로 팔을 끼고 날아다녔으며, 한 사람이 다른 사람의 머리카락을 이빨로 물고 옮겼습니다. 그것을 보면서 '이것 또한 인간의 자유구나'라고 생각했습니다. '독단적인 움직임.' 신성한 자연의 조롱입니다! 이러한 광경의 경우 어떠한 무대도 원숭이의 조소 앞에서는 버텨내지 못할 것입니다.

아니요, 전 자유를 원하지 않았습니다. 단지 하나의 출구, 오른쪽, 왼쪽, 어디든지 간에 저는 그저 그것만 요구했습니다. 전진! 전진! 상자 벽에 눌러 붙어서, 단지 팔을 올린 채 가만히 서 있지 말고 전진!

오늘날 전 확실히 알고 있습니다. 내면의 가장 큰 고요함이 있었기 때문에 그것을 무기로 빠져나올 수 있었다는 것을. 그리고 지금의 모습이 되도록 한 결정적인 미덕은 어쩌면 고요함 덕분입니다. 첫째 날이 지난 후에 배 안의 그곳에서 저를 엄습했던 고요함. 하지만 이 고요함도 역시 배 안의 사람들 덕분입니다.

　모든 것에도 불구하고 좋은 사람들입니다. 저는 지금까지도 그들의 무거운 발소리를 기억하고 있습니다. 당시 그 소리는 제가 반쯤 잠이 들었을 때 울렸습니다. 그들은 모든 것을 극도로 천천히 시작하는 습관이 있었습니다. 누군가 눈을 비비고자 할 때면, 그는 손에 무거운 추가 달린 것처럼 천천히 올렸습니다. 그들의 농담은 거칠지만 따뜻했습니다. 그들의 웃음에는, 항상 위험하게 울리지만 아무 의미 없는 기침소리가 섞여 있었습니다. 그들은 항상 입 안에 뭔가 내뱉기 위한 것을 물고 있었지만 그것들을 어디로 뱉을지에는 관심이 없었습니다. 항상 그들은 저의 벼룩이 그들에게 튄다고 불평했습니다. 하지만 그렇다고 해서 그들이 저를 악의적으로 대한 것은 결코 아닙니다. 그들은 저의 털에 벼룩이 번성하고 있고 벼룩은 튀는 놈이라는 것을 알고 있었습니다. 그래서 참아주곤 했습니다. 그들이 일이 없을 때, 가끔은 몇 명이 제 주위로 반원을 그리고 앉았습니다. 거의 말을 하지 않았고 구시렁거리다 상자 위로 다리를 쭉 뻗고는 파이프 담배를 피우곤 했습니다. 제가 조금이라도 움직이기라도 하면 무릎을 옮겼습니다. 그리고 한 명은 막대기를 가지고 와서, 제가 편안한 기분이 들도록 저를 간질였습니다. 만약 제가 이 배를 다시 같이 타자고 초대받는다면 분명히 거절하겠지만, 확실한 것은 그곳 중간 갑판에서의 기억이 단지 불쾌한 것만은 아니라는 점입니다.

제가 이 사람들의 무리에서 얻은 고요가, 도망치려는 마음을 잠재웠습니다. 돌이켜 생각해보면, 생존을 보장해주는 출구는 도망을 간다고 도달할 수 있는 것이 아님을 깨달은 듯합니다. 도주가 가능했는지 잘 모르겠지만 아마 가능했으리라 여겨집니다. 사실 도주라는 행위는 원숭이에게 항상 가능하지 않을까 싶습니다. 오늘날 제 이빨은 약해져서 습관적으로 호두를 깔 때도 조심해야 하지만, 당시에는 문의 자물쇠를 물어뜯는 것도 시간문제였을 겁니다.

전 도망치지 않았습니다. 그런다고 뭘 얻겠습니까? 제가 머리를 내뻗자마자 다시 잡혀서 좀 더 불편한 우리에 감금되었을 것입니다. 그렇지 않으면 저는 멋도 모르고 다른 동물들에게, 가령 저의 맞은편에 있는 거대한 뱀 앞으로 달아날 수도 있었을 것이며, 그것과 맞닥뜨리는 순간에 숨을 거두었을 것입니다. 그렇지 않으면 갑판까지 빠져나가서 뱃전에서 뛰어내리는 것도 성공했을 테지만 그다음에는 잠시 대양의 파도 위에서 흔들거리다 익사했을 것입니다. 절망적인 행동들입니다. 저는 그렇게 인간적으로 계산을 하지 않았지만, 제 주위의 영향을 받아

마치 계산이라도 한 것처럼 행동했습니다.

저는 그저 고요함 속에서 관찰했습니다. 저는 이 인간들이 올라가고 내려가는 것을 보았으며, 항상 똑같은 얼굴들, 똑같은 움직임을 보았습니다. 종종 그러한 모습 때문에 저에게는 그들이 그저 한 사람인 것처럼 보였습니다. 같은 사람, 혹은 같은 사람들이 별다른 제지 없이 다녔습니다.

순간 목표 하나가 제 마음에 떠올랐습니다. 어느 누구도 저에게, 제가 그들처럼 된다면 쇠창살이 열리게 되리라고 약속하지 않았습니다. 불가능해 보이는 약속은 하지 않습니다. 하지만 소망을 이루려 한다면, 뒤늦게라도 그 약속들은 약간 변형되어서라도 어떻게든 떠오르게 마련입니다. 사실 그 사람들에게는 인간으로서의 특별한 매력 같은 것은 없었습니다. 제가 앞에서 언급한 자유의 신봉자라면, 이러한 인간들의 흐릿한 시선이 보여준 출구보다 바다를 분명히 더 선호했을 겁니다. 하지만 저는 그와 같은 생각을 하기 이미 오래전부터 그들을 관찰했습니다. 주의 깊은 관찰이 제가 일정한 판단을 하도록 만들었습니다.

사람들을 흉내 내는 것은 너무 쉬웠습니다. 침을 뱉는 것은 이미 첫째 날에 할 수 있었습니다. 그다음에 우리는 서로서로 얼굴에다 침을 뱉었습니다. 차이점은 단지 저는 얼굴을 나중에 깨끗하게 핥을 수 있었지만 그들은 아니라는 것이었습니다. 저는 곧 늙은이처럼 파이프를 피웠습니다. 그렇기에 그다음에는 담배 대통에 엄지손가락을 누를 수도 있었습니다. 중간 갑판에 있는 모두가 환호했습니다. 단지 빈 파이프와 꽉 찬 파이프의 차이를 저는 오랫동안 이해하지 못했습니다.

제가 노력을 가장 많이 들인 행동은 화주병을 따는 것이었습니다. 그 냄새가 제겐 고문이었습니다. 모든 힘을 다 짜냈지만 극복하는 데 몇 주가 걸렸습니다. 이러한 내면의 싸움을 사람들은 이상하게도 굉장히 진지하게 받아들였습니다. 예전이나 지금이나 사람들을 구별하지 못하지만, 그때 매번 혼자이거나 동료와 함께, 낮밤을 가리지 않고 다양한 시간대에 찾아온 사람이 있었습니다. 그는 병을 제 앞에 세워놓고 수업을 했습니다. 그는 저를 이해하지 못했으며, 제 존재의 수수께끼를 풀고자 했습니다. 그는 천천히 병의 코르크 마개를 뽑았으며, 그다음에 제가 이해했는지 확인하기 위해서 저를 바라봤습니다. 이제야 고백하는데 저는 그를 항상 거칠고 성급하게 두리번거리며 훑어봤습니다. 병의 마개가 뽑히고 난 후에 그는 그것을 입으로 가져갔습니다. 그의 목구멍까지 술이 넘어가는 것을 바라보는 제게 그는 고개를 끄덕이고, 제 반응에 만족하며 입가에 병을 댑니다. 저는 점점 그것에 매혹되어서 날카로운 소리를 지르며 벽을 긁어댑니다. 그는 기뻐하며 병을 입에 대고 한 모금 마십니다. 저는 참지 못하고 필사적으로 우리 안을 마구 긁으며 난동을 피웁니다. 그것이 그에게 엄청난 만족감을 주었습니다. 이때 그는 이제 병을 멀리 뻗어서 흔들고는 다시 위로 올려 과장되게 교훈을 주듯이 몸을 뒤로 젖히고, 단숨에 비웠습니다. 저는 너무나도 엄청난 자극에 지쳐서 격자에 힘없이 매달려 있는 반면에, 그는 그것으로 이론적인 수업을 마치고 배를 쓰다듬으며 제게 눈을 찡긋 합니다.

이제야 비로소 실습이 시작됩니다. 제가 이미 이론적인 수업으로 너무 지치지 않았냐고요? 너무나도 지쳤습니다. 그럼에도 불구하고 저는 제가 할 수 있는 한 힘을 내어 건네진 병을 잡은 뒤, 떨면서 그 마개를 뽑습니다. 그러면서 점차적으로 새로운 기운이 생깁니다. 진짜와 이미 거의 구별할 수 없게, 저는 병을 들어서 그것을 입에 댑니다. 그리고 바로 역겹다는 듯이 던져버립니다. 병은 비고 단지 냄새만이 가득하기 때문입니다. 그의 슬픔, 저의 더 큰 슬픔, 그와 저의 슬픔은 사라지지 않습니다. 제가 병을 던진 후에 제 배를 쓰다듬고 게다가 눈을 찡긋 해도 말이지요.

수업은 너무 자주 진행되었습니다. 그리고 제 선생님의 명예를 걸고 말하는데, 그는 저에게 악의가 있었던 것은 아닙니다. 가끔 그는 태우고 있는 파이프를 제 털에 갖다댔는데 제 손이 닿기 어려운 곳이 타기 시작하면 거대한 손으로 꺼버렸습니다. 그는 나쁜 사람이 아니었습니다. 그는 원숭이의 본능에 대항하여 우리가 같은 편에서 싸우고 있으며 제가 힘들게 그를 따르고 있다는 것을 알고 있었습니다.

어느 날 저녁에 구경꾼들 앞에서 - 아마도 어느 축제였던 것 같습니다. 레코드음악이 연주되었으며, 한 고위급 선원이 사람들 사이에서 길게 말을 늘어놓고 있었습니다 - 저는 이날 저녁에 별 관심을 받지 못하고 있다가, 우리 앞에 실수로 내버려 둔 화주병을 잡았을 때 점점 사람들의 주목을 받게 되었습니다. 병마개를 배운 대로 뽑고는 입에 대고 주저하지 않고, 입을 삐죽이지 않고, 전문적인 애주가처럼 목이 출렁거리도록 실제로 다 마셔버렸을 때, 저만 아니라 물론 선생님에게도 승리감을 가져다주지 않았겠습니까. 저는 술의 대가처럼 병을 던져 버렸습니다. 배를 쓰다듬는 것을 잊어버리긴 했습니다. 하지만 그 대신에, 제가 달리 할 수 있는 것도 없고 해서, 저를 재촉하는 의식의 속삭임에 따라서 짧고 정확하게 "안녕!"이라고 외쳤습니다. 이 말은 인간의 소리로 터져 나왔으며, 저는 이 말을 시작으로 인간들의 모임에 뛰어들었습니다. 인간들의 호응은 대단했습니다. "들어 봐. 진짜 말을 해!" 저는 그들이 땀으로 흠뻑 젖은 저의 온몸 위로 키스를 하는 것처럼 느꼈습니다.

방금 말했듯 인간을 흉내 내는 것이 좋아서 하지는 않았습니다. 저는 다만 출구를 찾아야 했기 때문에 흉내를 내었습니다. 그때의 승리가 별 도움은 되지 않아서 목소리가 즉시 다시 나오지 않았고 몇 개월 후에야 소리를 낼 수 있었습니다. 화주병에 대한 반감은 심지어 좀 더 강해졌습니다. 하지만 일단 어떻게 해야 할지 방향은 주어졌습니다.

제가 함부르크에서 첫 번째 조련사에게 넘겨졌을 때, 저는 저에게 열려 있던 두 가지 가능성을 곧 인식했습니다. 동물원 아니면 무대. 저는 주저하지 않았습니다. 저 자신에게 말했습니다. 무대로 가기 위해서 진력을 다해야 한다. 그곳이 출구다. 동물원은 단지 새로운 우리일 뿐이다. 그곳으로 가게 된다면 넌 진 것이다.

그리고 저는 배웠습니다, 신사 여러분. 사람들은 배워야만 한다면 배웁니다. 출구를 찾고자 한다면 배웁니다. 앞뒤를 가리지 않고 배웁니다. 채찍질해가면서 스스로를 감독합니다. 조그마한 걸림돌에도 괴로워합니다. 원숭이의 본성은 공이 굴러가듯이 제게서 빠져나가 사라졌습니다. 저의 첫 번째 선생님이 저의 그러한 모습 때문에 거의 원숭이처럼 되었으며, 곧 수업을 포기하고 치료소로 보내져야만 했습니다. 다행히도 다시 곧 나오긴 했습니다.

하지만 저는 많은 선생님, 심지어 몇 명의 선생님들이 동시에 필요했습니다. 제가 저의 능력에 좀 더 확신을 갖게 되었을 때 세상 사람들이 저의 진보를 눈여겨보기 시작했습니다. 저의 새로운 미래가 밝혀지기 시작했을 때 저는 선생님을 직접 받아들였으며, 그들을 다섯 군데에 이어지는 방에 앉히고 동시에 모두에게서 많은 것을 배웠습니다. 쉬지 않고 한 방에서 다른 방으로, 저는 제 한계를 뛰어넘었습니다.

이러한 진보! 모든 측면에서 이루어지는 지식의 침입! 깨어 있는 두뇌! 저는 부인하지 않습니다. 그것 때문에 행복했습니다. 하지만 또한 장담하건대 그 진보라는 것을 과도하게 높이 평가하지는 않습니다. 이미 그 당시에도 별로였고 오늘날에는 훨씬 더 그렇습니다. 어쨌든 여태껏 지구상에서 되풀이되지 않았던 노력 덕분에, 저는 유럽인들의 평균 교육에 도달했습니다. 그 자체는 어쩌면 아무것도 아니겠지만, 여하튼 저를 우리에서 나오도록 만들어준 특별한 출구, 인간의 출구를 마련해준 것입니다. 이를 표현할 아주 멋진 독일어 관용구가 있습니다. "슬쩍 사라져라." 저는 그렇게 슬쩍 사라졌습니다. 다른 길이 없었습니다. 자유를 선택할 수 없다고 항상 전제를 두었습니다.

저의 발전과 지금까지의 목표를 들여다보면서 저는 불평하지도 만족하지도 않습니다. 바지 주머니에 넣은 손, 식탁 위의 와인 병, 저는 반은 누워 있고 반은 흔들의자에 앉아 창밖을 바라봅니다. 방문객이 오면 저는 분수에 맞게 맞이합니다. 저의 단장이 대기실에 앉아 있습니다. 제가 부르면 그가 들어와 무대에서 제가 해야 할 말을 알려줍니다. 저녁에는 거의 항상 공연이 있습니다. 그리고 저는 더없는 성공을 거두고 있습니다. 향연, 학술 모임, 즐거운 모임을 마치고 밤늦게 집으로 돌아오면 반쯤 조련된 조그마한 암컷 침팬지가 저를 기다리고 있습니다. 저는 원숭이의 방식으로 그녀와 행복하게 지냅니다. 낮에는 그녀가 보고 싶지 않습니다. 그녀는 길들여진 동물의 혼란스러운 광기를 눈에 담고 있습니다. 그건 저만 알아볼 수 있으며 저는 그것을 참을 수 없습니다.

어쨌든 저는 제가 도달하고자 원한 경지에 거의 도달했습니다. 사람들은 노력할 가치가 없었다고 말하지 않습니다. 게다가 저는 어떠한 사람도 판단하고 싶지 않습니다. 저는 단지 지식을 넓히고 싶습니다. 저는 단지 당신들, 학술원의 존경하는 신사들에게 보고를 할 뿐입니다. 단지 보고를 한 것뿐입니다.

소외된 인간,
내면의 갈등과 고독에 대하여

2003년 가을 프랑크푸르트 국제도서전을 마치고 방문한 프라하에서 아직도 생생하게 기억나는 곳이 바로 '카프카 카페'다. 벽에는 그의 명언들이 새겨져 있었다. 그냥 회색 벽면에 검은 색 글자들이 이곳저곳에 적혀 있었으며 별다른 실내장식이 없는 텅 빈 느낌의 카페였다. 그 카페 또한 카프카의 작품과 너무나도 닮아 있었다.

10년이 훨씬 지나서 카프카의 책을 번역하게 되었는데 그 시간만큼은 카프카와 친밀하게 만날 수 있었다. 작품들을 선별할 때 고민이 되었다. 워낙 짧은 단편들이 많기에 우선 카프카가 출간을 허락한 작품 중에서 1912년에서 1919년 사이에 쓴 가장 대표적인 작품들을 선택했다. 이 시기에 사랑, 약혼, 파혼,

병 그리고 전쟁이라는 중요한 요소들이 카프카의 삶에 깊숙이 파고들었기에 작품들에 카프카만의 세계가 분명하게 형성되어 있었다. 이 시기에 쓰인 작품으로는 〈판결〉 〈변신〉 〈시골 의사〉 〈법 앞에서〉 〈학술원에의 보고〉 그리고 몇 편의 단편이 있다.

카프카와 가족

카프카는 1883년 프라하에서 태어났으며 독일계 유대인이자 부유한 아버지의 엄격한 가정에서 자라났다. 카프카는 권위적이고 폭력적인 아버지를 증오하면서 살았으며 그러한 증오심을 〈아버지에게 보내는 편지〉라는 단편으로 쓰기도 했다. 그의 아버지는 어떠한 반항도 용납하지 않았으며 말대꾸를 했을 때 가차 없이 폭력을 휘둘렀다고 한다. 그의 삶을 투영한 이 단편에 의하면 카프카는 아버지 앞에서 어떠한 말도 제대로 할수 없었다. 아버지는 그가 하는 모든 일을 못마땅하게 여겼다. 아버지 때문에 그는 자신에 대한 믿음을 잃어버렸으며 무한한 죄의식에 사로잡혀 살았다고 한다. 아버지에게 중요한 것은 사회적 이목이었다. 재산을 늘리고 남들에게 뒤지지 않는 경제적 위치에 오르는 것이 그의 목표였다. 그렇기에 이사도 자주 다녔고 돈을 버느라 가족들을 소홀히 했다.

권위적이고 가부장적인 아버지 밑에서 엄격한 교육을 받으며 성장한 카프카는 자신의 의지와 표현의사를 억누르면서 쌓아온 내면의 갈등을 글로 풀어냈다고 한다. 그의 어머니는 아버지처럼 그를 학대하지는 않았지만 그녀 또한 카프카가 글을 쓰는 것을 이해하지 못했으며 단지 시간낭비일 뿐이라고 여겼다. 그렇기에 카프카는 낯선 사람들과 다름없는 가족들과 거의 대화를 하지 않았다고 한다. 그는 대학을 가기 전에 이미 자신은 작가가 될 거라고 확신했다. 그리고 글을 쓰기 위해서는 어떤 일이라도 해서 생계를 유지해야 한다는 것을 잘 알고 있었다. 그래서 낮에는 보험회사에 다녔고 밤에는 거의 잠을 자지 않고 글을 썼다. 큰 키에 마른 체형, 검은 머리에 갈색 눈을 한 카프카를 처음 본 사람들은 그에게서 고독과 우울함을 느낄 수 있었다고 한다. 카프카는 자신이 태어나고 살아온 프라하에서 도망치고 싶어 했다. 그 당시 프라하에는 유대인에 대한 증오가 질식할 정도로 퍼져 있었다. 거기에 세계대전까지 일어나자 그는 삶에 대한 회의와 좌절을 깊이 느끼기 시작했다.

카프카의 연인

그는 펠리체 바우어를 만나서 두 번의 약혼과 파혼을 했다. 그들은 서로 사랑했지만, 카프카는 정상적인 소시민의 삶을 살아가는 것에 두려움을 가졌다. 펠리체 바우어를 사랑한다고 맹

세도 했지만 결국 자아비판과 고통 속에서 정상적인 관계를 유지할 수가 없었다. 카프카는 그녀에게 보내는 편지에 그녀 없이는 살 수 없지만 그녀와 함께도 살 수 없다고 했다. 그녀는 그에게 최고의 친구이지만 또한 그가 글을 쓸 수 없게 하는 존재이기도 했다. 카프카는 글을 쓰지 못할 때 모든 것을 잃어버리게 될까 봐 두려워했다. 펠리체 또한 그와의 미래를 불안해했다. 그의 좌절, 그의 힘든 삶을 함께 할 수 없으리라는 것을 알고 있었기에 그녀는 불행했다. 그녀는 다만 평범한 삶을 살고 싶어 한 것이다.

카프카에게 찾아온 병

카프카는 폐결핵으로 자신이 곧 죽게 된다는 것을 알았다. 카프카가 학창시절부터 지속적인 관계를 맺은 사람은 그의 친구 막스 브로트였다. 막스 브로트는 카프카가 항상 완벽해지길 원했다고 후에 이야기했다. 카프카에게는 삶이든 사랑이든 완전하고 영원하든가 그렇지 않으면 그냥 아무것도 아닌 것이어야 했다. 카프카는 죽기 전에 막스 브로트에게 자신에게 아무런 의미 없는 모든 원고, 책들 그리고 편지들을 불태워버리라고 유언했지만, 다행인지 불행인지 친구는 그의 유언을 따르지 않고 카프카 사후에 세 편의 장편소설을 출간시켰다. 《성》,《소송》그리고 《아메리카》가 현대문학을 다시 재조명하게 만든 카프카의 장편소설이다. 카프카가 죽기 전에 출간된 작품들은 모두 짧은 단편이거나 중편소설이다.

작가 카프카의 발견

카프카는 우리 시대의 핵심적인 지성인 중 한 사람이며 문학에서는 그의 독특한 세상에 대한 관점이 두드러지게 나타난다. 그는 체코의 아방가르드 작가로 꼽힌다. 1920년대 카프카의 작품을 발견한 것은 표현주의자들이었다. 1930년대에는 나치가 그의 작품들을 혹평했지만 마르크스주의자들은 카프카를 꽤 좋게 평가했다. 제2차 세계대전 이후 프랑스의 실존주의자들이 카프카를 재발견했는데 그들은 카프카의 작품에서 불안한 아버지와 아버지에 대한 불안을 보았다.*

카프카의 작품을 표현주의로 분류하는 것에 이의를 제기하는 사람들도 있겠지만 그 당시의 표현주의적 요소들이 그의 작품에 녹아 있다. 그는 당대의 사회적 그리고 실존적 주제를 다루었는데 예를 들면 부자간의 갈등, 정체성 상실 같은 것들이다. 카프카는 자신의 정체성을 확립하려는 시도를 계속했는데

---

* Sander L. Gilman, *Franz Kafka*. Reaktion Books, 2005.

이는 작품 창작을 통해 이루어졌다. 막스 브로트에 의하면 그와 카프카는 밤새워 표현주의자인 니체의 작품을 읽고 토론한 적이 많았다. 또한 카프카는 표현주의 심리학자인 프로이트에 관심이 많았고 오이디푸스 콤플렉스를 하나의 문화적 현상으로 이해했으며 심리학 책도 많이 읽었다. 그러하기에 그는 의도적으로 불행, 우울함 그리고 결핍 같은 심리학적인 사례를 작품에 쏟아냈다고 한다.

카프카의 정체성

〈변신〉에 등장하는 그레고르가 아침에 창밖을 바라보면서 "벌써 7시인데 아직 안개가 이렇게 끼어 있다니"라고 하는 것처럼 카프카의 작품은 안개가 뿌옇게 낀 듯하다. 꿈과 같은 이야기의 틀 안에서 너무나도 적나라한 현실의 모습을 들여다볼 수 있는 것이다. 권위적이고 비정한 직장생활, 부자간의 관계에서 나타나는 심리적 억압구조, 가족의 경제적 의존관계 및 서열구조 등이 너무나 사실적으로 드러나 있지만 그레고르가 벌레로 변한다는 비현실적인 설정으로 소설의 틀이 갖추어졌다.

〈변신〉의 그레고르는 카프카와 닮아 있다. 아버지와 갈등을 겪으며 평생 억눌려오다 결핵으로 사망한 카프카의 모습이 그레고르에 대입된다. 카프카도 죽기 직전에는 그레고르처럼 음식을 거의 넘기지 못하고 굶어서 죽었다고 한다. 물론 이 작품은 그가 죽기 전에 쓴 작품이지만 카프카의 내적 고통을 대변하는 작품이기도 하다. 카프카는 아버지라는 존재에 반항하며 살아왔다. 카프카의 작품에 등장하는 인물들은 카프카, 가족들 그리고 친구들의 모습을 반영했다고 할 수 있다. 〈변신〉의 그레고르와 〈판결〉의 게오르크는 카프카 자신의 모습이다. 그레고르와 게오르크는 아버지와의 대립선상에서 무기력하게 반항하지만 결국 거대한 힘에 짓밟혀 굴복할 수밖에 없었다. 거기에 카프카의 내면이 드러나 있다.

〈변신〉

〈변신〉에서는 아버지가 사업에 실패한 이후로 모든 가족 구성원들이 주인공 그레고르가 벌어 오는 돈에 의존해 살고 있는 모습이 나온다. 그가 벌어오는 돈을 가족들은 당연하게 받아들였으며 그에게 어떠한 고마움이나 애정을 전달하지 않았다. 단지 여동생만이 그레고르에게 친근한 존재였다. 그렇기에 그레고르는 돈을 좀 더 많이 벌어서 여동생을 음악학교에 보낼 계획을 세우기도 했다. 하지만 하루아침에 벌레로 변해버린 그레고르는 더 이상 가족을 부양할 수 없는 상황에 처한다. 경제적 주도권을 쥐고 있던 그가 아무 쓸모없는 벌레로 변하면서 가족들의 역할이 전도된다. 사업 실패 이후 무기력하게 소파에서만 지내던 아버지가 다시 직장을 얻고 나서는 큰소리를 치며 가족을 보호하는 주체적 역할로 돌아서게 된다. 또한 부모님 입장에서 봤을 때 가계에 별 도움이 되지 않던 17세의 여동생은 가족들이 감당해내기 힘든 벌레로 변한 그레고르의 상황에 가장 이성적으로 대처하는 존재로 부각되면서 가족 내에서 역할의 비중이 커진다. 그리고 결국 그레고르가 가장 가까이하던 여동생의 발언으로 그레고르는 더 이상 함께 살아서는 안 되고 없어져야만 하는 존재로 전환된다. 이 과정에서 그레고르는 철저하게 가족으로부터 소외된다.

벌레로 변한 그레고르의 상징성은 현대사회에서도 일어나는 우리의 모습과 너무나도 닮아 있다. 평생 가족을 위해 직업전선에 뛰어들었던 사람이 어느 날 몹쓸 병에 걸리거나, 실직하거나 사업에 실패하여 경제적 능력을 상실하는 순간, 가족 내에서의 위치는 벌레만도 못한 처지가 된다. 결국 물질적 가치가 인간의 존엄성을 뛰어넘는 상황으로 이어지는 것이다. 카프카가 이 작품을 쓰던 당시에도 경제 공황과 전쟁이라는 상황이 개인들에게 미래에 대한 불안과 존재의 위협을 가중시켰다. 그렇기에 인간적인 배려와 사랑이 우선되기보다는 외적인 상황에 떠밀려 극단의 조치를 취하는 경우가 많았다.

그레고르는 하루도 빠짐없이 성실히 일했지만 그의 '변신'

후 외부 세계(직장)와 내부 세계(가족)의 반응은 그에 대한 이해 부족과 의심뿐이다. 외부 세계의 관점에서, 그레고르의 나태함은 이해할 수 없는 일이다. 또한 '나태한' 그레고르의 자리는 언제나 다른 것들로 대체될 수 있다. 한 번의 실수로 모든 것이 물거품이 되어버리는 비정한 세계를 보여주는 것이다.

내부 세계에서 두드러지는 감정은 자기 안위에 대한 불안이다. 가족들이 우선 걱정하는 것은 그레고르를 향한 도움의 방식이나 그의 건강에 대한 염려보다 자신들의 경제적 궁핍과 불안이다. 결국 그레고르는 가족들에게 어떠한 돌봄도 받지 못하고 외면당한다. 자신이 가족들에게 불필요한 존재라는 사실을 확인한 순간, 그레고르는 희망의 끈을 놓아버린다.

마지막에 등장하는 가족들의 모습은 앞서 전개된 비관적이고 참혹한 현실에서 벗어나 조금은 희망적인 메시지를 전달한다. 앞으로 그들에게 펼쳐질 미래가 불안하지만 그렇게 어둡지만은 않다는 확신을 가진 모습이다. 어쩌면 그들 스스로가 그레고르에게 의존해 살면서 스스로를 고립시켰다가, 그레고르의 변신을 계기로 자신들이 직접 삶의 주체가 되면서 각자 짊어지고 있던 무능함과 세상으로부터의 소외감을 극복해가는 중일 것이다.

〈변신〉은 카프카의 〈소송〉과 더불어 가장 기이한 줄거리를 가진 작품이다. 카프카는 〈판결〉과 〈아메리카〉와 마찬가지로

1912년에 원고를 완성했지만 출판사 측에서 원고 내용을 축소해달라고 부탁하자 거절하고 1915년에야 쿠르트 볼프 출판사에서 출간하도록 했다.

〈판결〉

〈판결〉에 등장하는 게오르크는 거인 같은 아버지에게 핍박당하는 굴욕적인 모습으로 그려지지만, 마지막의 자살 장면은 아버지로부터의 영원한 해방을 상징하는 듯하다. 여러 가지 해석이 가능한 작품이지만 많은 비평가들은 이 작품이 평생을 아버지의 억압에 눌려 살면서 내적 갈등을 겪던 게오르크의 심리적 탈출을 상징하는 것으로 해석한다.

물질적 가치, 사회적 출세와 인정, 가부장적이고 권위적이며 위압적인 아버지라는 거인의 존재 앞에서 한없이 작아지다가 결국 아버지의 익사형 판결을 받고 자살하는 아들, 게오르크는 카프카의 실제 모습과도 너무나 닮아 있다.

프란츠 카프카의 평전을 쓴 샌더 길먼(Sander J. Gilman)은 〈판결〉을 다음과 같이 평가했다. "사업에 관한 가족 간의 충돌, 실패한 아버지의 통제에서 벗어나려는 갈망, 아버지의 느려진 육체적 노후에 대한 불안, 건강한 육체에 대한 자신만의 스포츠에 대한 갈망, 그가 새로이 관심을 갖게 된 결혼, 이러한 모든 것들을 가장 새롭고도 현대적이며 미학적인 독일 표현주의 안에서 서술적인 틀로 만들었다. 카프카는 자신이 쓰는 작품으로 대중의 눈을 사로잡는 법을 알고 있었다. 섹스, 아버지, 프로이트도 이 작품에 들어 있다. 하지만 〈판결〉이 중점을 두는 것은 현실적 변화의 단순한 불가능이다. 주인공 게오르크 벤데만의 이상적인 세계, 좋은 직장과 결혼조차도 그에게 주어진 그 자체로만 남아 있다. 좀 더 나아지려는 개선에 대한 그의 갈망은 단지 재앙으로 끝난다."*

카프카는 〈아버지에게 쓰는 편지〉에서 아버지에 대해 품고 있던 자신의 심경을 솔직하게 밝히기도 했다. 또한 〈판결〉은 그의 첫 번째 약혼녀이자 두 번째 약혼녀이기도 한 펠리체 바우어 양을 위한 작품이다. 그는 이 작품으로 그녀와 두 번 약혼하고 두 번 파혼하면서 결혼을 할 수 없는 자신의 상황과 심경을 그녀에게 전달했다고 한다. 〈판결〉은 카프카가 하룻밤 사이에 써내려간 이야기다. 이전의 미완성 작품과는 달리 처음으로 마무리가 된 작품이기도 하다. 그리고 예전보다 좀 더 성숙한 문체가 눈에 띈다. 비평가들은 〈판결〉 이후로 카프카를 제대로 된 작가로 여기게 되었다고 한다. 이 작품은 카프카식 표현주의 양식의 대표작인데, 그 당시 표현주의 작품들의 전형적인

---

* Sander L. Gillman, *Franz Kafka*, Reaktion Books, 2005, p 58.

주제인 부자간의 갈등을 다뤘기 때문이다.

〈시골 의사〉

저승과 이승의 경계선이 명확하지 않은 환상 소설 같지만 이 작품에서도 한 인간의 무력감을 들여다볼 수 있다. 한 시골 의사가 자신의 하녀가 마부에게 겁탈당할 상황에 놓였음에도 의도하지는 않았지만 그녀를 대가로 지불하면서 말을 얻어 탈 수밖에 없는 상황에 빠진다. 그리고 곧 맞닥뜨린 것은 불가능한 것을 요구하는 환자의 가족들, 자신의 의지와는 상관없이 모든 것을 잃어버리게 되는 상황이다. 이것이 꿈인지 환상인지, 아니면 현실인지 구분하기 어렵게 만드는 부분이 있는데, 바로 돼지우리에서 마부를 만나고 비현실적인 말들이 등장하는 장면이다. 여기서 등장하는 힘센 말들은 남성성의 상징이며 하녀는 마부의 성적 만족감의 대상이다. 이는 시골 의사의 성적 환상과 무의식을 반영한 것이다. 그리고 환자의 상처 부위를 묘사하는 과정에서 카프카 자신이 앓고 있던 폐결핵이 은유적으로 드러난다. 결국 카프카 자신 또한 이 작품의 환자처럼 죽게 된다는 것을 예측한 듯하다. 또한 이 이야기는 자신의 의무를 성실하게 하는 사람들을 배려하지 않고 극한의 상황으로 모는 사회에 대한 비판으로 읽을 수도 있다.

〈법 앞에서〉

한 남자가 법 안으로 들어가려고 하지만 법 앞의 문지기가 그를 가로막으면서 들어갈 수 없다고 한다. 이 시골 남자는 그 안으로 들어가기 위해 기다리기로 한다. 기다리다가 문지기를 매수하여 안으로 들어가려고 시도해보기도 하지만 들어갈 수 없다. 여기서 법은 권력일 수도 있고 죽음일 수도 있으며 꿈이 될 수도 있다. 또한 누구에게나 유효하다. 마지막에는 결국 법 안으로 못 들어간 시골 남자가 죽기 직전에, 왜 자신 외에는 어느 누구도 법 안으로 들어가려고 하지 않는지 문지기에게 묻는다. 그러자 문지기는 이곳이 단지 시골 남자만을 위한 것이라고 대답하고는 문을 닫아버린다. 이 문은 단지 시골 남자만이 통과할 수 있는 그만의 목표 지점이었던 것이다. 법이라는 것은 개인의 궁극적인 행복을 뜻하기도 한다. 인간은 행복을 위해서 끊임없이 달려가지만 결국 절대적 행복을 누릴 수 없는 한계가 있다. 결국 죽음 앞에는 모두가 똑같지만 죽기 전까지 개개인은 항상 행복을 기다리고 갈구하면서 살아간다는 해석이 가능하다.

모든 이에게 유효한 법, 그리고 누구나 평생 시도하면서 도달하려다 좌절하게 되는 법, 누구에게나 존재하지만 또한 누구에게나 유일한 것이다. 노력을 한다고 하더라도 결국 이룰 수 없다는 것, 권력의 힘 앞에서 한낱 작은 개인의 노력이 처참하게 좌절되는 모습에 모두의 입장이 투영된다.

또한 카프카의 자전적인 의미로 해석해본다면 〈법 앞에서〉는 카프카가 평생 갈구한 균형적인 삶에 대한 소망을 그린 이야기라고 할 수 있다. 카프카는 자기분열적인 사람이었다. 한편으로는 정상적이고 행복이 충만한 가족생활을 영위하기를 원했지만 다른 한편으로는 글쓰기에만 오직 자신의 삶을 바치고자 하는 갈망이 강했다. 그렇기에 이러한 두 가지 길에서 내면의 장애를 극복할 의지가 부족했고, 결국 이러한 정상적인 삶(결혼을 하고 가족을 이뤄 사회 규범을 따라 사는 삶)과 글을 쓰는 삶 사이의 조화를 이뤄내려고 시도하지만 매번 내면의 장애로 좌절하는 상황을 이 작품에서 잘 그려낸 듯하다.

작품의 주인공처럼 그는 이러한 삶을 이뤄내기 위해서 자신에게 찾아드는 불안에 대항하지 못하고 포기해버린다. 규칙적이고 정상적인 삶이 법 안으로 들어가는 것이라면 그는 그 문 앞에서 기다리고 시도해보다 결국 자신과의 싸움에서 패배하는 모습을 자신에게 대입했다. 주인공은 이러한 싸움은 결국 자신이 선택할 수 있는 것이고 그러한 조화로운 삶을 영위하는 것도 자신에게 달려 있으며 자기 자신이 바로 법 안으로 들어가지 못하게 하는 장애 그 자체였다는 것을 죽기 직전에야 깨닫게 된다.

〈학술원에의 보고〉

원숭이가 인간들에게 포획되면서 자신만의 출구를 찾기 위해 인간을 모방하고 학습하면서 점점 인간처럼 되어가는 과정을 학술원에 보고하는 이야기다. 원숭이도 아니고 인간도 아닌 중간적 위치에 머물러 있는 존재가 처음에 찾고자 했던 출구를 찾을 수 있었는지는 알 수 없다. 인간을 모방하면서 겉은 원숭이지만 인간처럼 생각하고 행동하는 원숭이는 결국 원숭이 부류에도 속하지 못하고 그렇다고 완전히 인간사회에도 속할 수 없는 위치에 놓이게 된다. 원숭이가 말을 하고 담배를 피우고 술을 마시고 인간들의 모든 행동을 거의 따라 하는 모습을 보면서 사람들은 신기하다는 듯이 열광하지만 그렇다고 인간으로 인정해주지는 않는다. 자유를 제한하면서 출구를 찾았지만 결국 그에게 남은 건 또 다른 구속과 정체되어 있는 삶이다. 카프카는 이 원숭이를 통해 프라하의 거리에서 이리저리 정체성을 찾지 못하고 헤매는 자신의 모습을 말하고자 했다. 모든 시간을 글을 쓰는 일에 몰두하고 싶었고 시간이 주어질 때마다 글쓰기에 몰입했지만, 그는 결국 생계를 유지하기 위해서 사회가 요구하는 규범적인 삶을 영위할 수밖에 없는 상황을 인간이되려고 하는 원숭이에 비유한 것이다. 결국 그는 독자들에게 태어나자마자 주어진 사회라는 테두리 안에서 적응하면서 본래의 자신을 잃어버리고 살아가느냐, 아니면 그것을 부정하고 자신의 꿈에 도전하면서 살아가느냐에 대한 끊임없는 고민을 숙제로 남겼다. 속박받지 않는 진정한 자유와 출구는 어떤 것인지 고민하게 하는 수작이다.

카프카의 죽음

1924년 6월, 카프카는 41세에 빈 근처의 키얼링에 있는 요양소에서 죽었다. 그의 시신은 프라하의 유대인 묘지에 묻혔다. 죽기 전에 잘 알려지지 않았던 그를 20세기 현대문학의 거장으로 만든 사람이 그의 친구 막스 브로트라고 할 수 있다. 막스 브로트는 카프카 사후에 세 편의 장편소설을 출간했을 뿐 아니라 죽기 전에 그의 비서 에스터 호페에게 카프카의 나머지 유작들을 넘겨주었고 에스터 호페는 그것을 자신의 두 딸에게 물려주었다. 아직까지 공개되지 않은 카프카의 유작들은 국제적 법정 소송까지 가게 되었으며 그 후 원고의 소유권을 두고 이스라엘 국립도서관과 에스터 호페의 딸인 에바 호페의 소송이 시작된다. 소송은 2016년 이스라엘 대법원이 국립도서관의 손을 들어주며 마무리된다.

한영란

1883년 7월 3일에 헤르만 카프카와 율리 카프카의 장남으로 프라
하에서 태어났다.

1889년 프라하의 어시장에 있는 독일 소학교에 입학하여 1892년
까지 다녔다.

1893년 아버지의 소망에 따라 독일어로 수업을 하는 '구시가지 독
일 김나지움'으로 옮겼다. 김나지움을 다니던 첫 해에 놀이
삼아 글쓰기를 시작했다.

1901년 프라하에 있는 독일 칼 페르디난츠대학에서 법학을 전공

했다. 학창시절에 막스 브로트, 철학가 펠릭스 벨취, 그리고 작가 오스카 바움과 친분이 있었으며, 이들이 그의 글쓰기에 많은 영향을 미쳤다.

1906년 법학 박사 학위 논문을 썼다. 학업을 마친 후에도 부모님과 함께 살면서 회사원이자 독신으로 삶을 이어갔다. 보험회사(Assicurazioni Generali)에서 짧게 근무했다.

1908년 〈관찰(Bertrachtung)〉이라는 산문이 《히페리온(Hyperion)》 잡지에 처음으로 실렸다. 노동재난보험기관에서 일하며 계속해서 글을 썼다.

1911년 막스 브로트와 스위스, 북이탈리아 그리고 파리로 여행을 갔다. 그 이후에 취리히에 있는 에를렌바흐 요양소에서 동유럽유대인 극단단체와 친분을 맺게 되었으며 그들에게서 강한 인상을 받았다.

1912년 〈아메리카(Der Verschollene)〉의 집필을 시작했다. 그에게 원고를 요청한 쿠르트 볼프 출판사와 에른스트 로볼트 출판사와 인연을 맺게 되었다. 베를린의 여성 펠리체 바우어를 알게 되었으며 그녀와 친밀한 서신 교환을 시작하게 되었다. 〈판결〉도 이 무렵에 집필한 것이다. 〈아메리카〉의 두 번째 집필에 착수했고, 12월에 〈변신〉을 완성했다.

1913년 1월에 〈아메리카〉의 집필 작업이 중단되었으며 5월에 펠리체 바우어와 다시 만나게 되었다. 6월에 〈판결〉이 출간되었다.

1914년 6월에 펠리체 바우어와 약혼했다가 7월에 파혼했다.

1915년 1월에 〈소송(Der Prozess)〉의 집필을 포기하고 펠리체 바우어와 새로이 관계를 맺게 되었다. 4월에는 헝가리를 여행했다. 《바이센 블레터(Die Weißen Blätter)》 잡지 10월호에 〈변신〉이 게재되었고, 이후 쿠르트 볼프 출판사에서 출간되었다.

1916년 자신의 의지와 상관없이 직업상의 이유로 군복무가 면제되었다. 7월에 펠리체 바우어와 휴가를 보내면서 결혼하기로 결심했다. 〈시골 의사(Ein Landarzt)〉, 〈재칼과 아랍인(Schakale und Araber)〉, 〈만리장성의 축조(Beim Bau der chinesischen Mauer)〉 그리고 〈원형극장의 관람석에서(Auf der Galerie)〉 등 수많은 단편을 완성했다.

1917년 4월에 〈학술원에의 보고(Ein Bericht fuer dei Akademie)〉를 완성했다. 여름에는 히브리어를 배우기 시작했다. 그리고 8월에 폐결핵 진단을 받았다. 가족 내에서 카프카와 가장 친밀한 사람은 그의 막내 여동생 오트라 카프카였다. 병을 진단받고 난 후 카프카가 휴양이 필요했을 때, 그녀는 잠시 그를 자신의 집에 머물게 했다. 10월에 아포리즘 형식의 텍스트를 쓰기 시작했다. 12월 말에 펠리체 바우어와 다시 파혼하며 완전히 헤어지게 되었다.

1918년 10월에 오스트리아-헝가리 군주제가 몰락하여 프라하로 돌아갔다.

1919년 프라하 출생의 율리에 보리체크와 약혼했다. 그러나 아버지의 반대로 결혼은 무산되었다. 아버지에 대한 애증으로 깊은 상처를 받은 카프카는 〈아버지에게 보내는 편지(Brief an den Vater)〉라는 작품을 씀으로써 분노를 표출했다. 10월에 〈유형지에서(In der Strafkolonie)〉가 쿠르트 볼프 출판사에서 출간되었다.

1920년 4월에 3개월간 요양을 떠나게 되며 밀레나 예젠스카와 서신을 주고받았다. 5월에 〈시골 의사〉가 쿠르트 볼프 출판사에서 출간되었다. 7월에 빈에서 밀레나와 며칠을 보내고 프라하로 돌아온 후 율리에 보리체크와 파혼했다. 그러나 밀레나 예젠스카와도 오랫동안 관계를 유지하지 못했는데, 이는 나중에 점점 *그가* 회의에 빠지는 결과를 초래했다. 12월부터 8개월간의 요양생활이 시작되었다.

1923년 6월에 마지막으로 일기를 썼다. 5월에 마지막 연인 도라 디아만트를 알게 되었다. 9월에 도라 디아만트와 베를린에서 함께 살 집을 구했지만 극심한 인플레이션에 고통받으며 살았다. 건강이 급격하게 나빠졌다.

1924년 3월에 프라하로 돌아왔다. 4월에 후두결핵이라는 진단을 받고 빈에 있는 대학병원으로 이송되었다. 그 후 클로스터노이부르크에 있는 키얼링의 요양소에서 지냈다. 악화되는 병세로 아무것도 삼킬 수 없었으며 말도 할 수 없었다. 같은 해 6월 3일에 41세의 나이로 빈에서 생을 마쳤다. 프라하 쉬트라쉬니츠에 있는 유대인 묘지에 안장되었다.

옮긴이 **한영란**
독일 마부르크 대학교에서 정치학, 사회학 그리고 미디어학과 석사학위를 받았
다. 현재 해외출판저작권에이전시 Corea Literary Agency(CLA)의 대표다. 프라
하의 문학거장인 카프카를 좋아하고 존경하는 한 사람으로서 카프카의 대표작
〈변신〉과 그 외 단편들을 번역했다.

변신

1판 1쇄 펴낸 날 2020년 7월 20일

지 은 이   프란츠 카프카
옮 긴 이   한영란
펴 낸 이   장영재
펴 낸 곳   (주)미르북컴퍼니
자 회 사   더클래식
전   화   02)3141-4421
팩   스   02)3141-4428
등   록   2012년 3월 16일(제313-2012-81호)
주   소   서울시 마포구 성미산로32길 12, 2층 (우 03983)
E-mail   sanhonjinju@naver.com
카   페   cafe.naver.com/mirbookcompany